Екатерина **Вильмонт**

Екатерина **Вильмонт**

Фиг с ним, с мавром!

издательство Астрель

Москва

УДК 821.161.1
ББК 84(2Рос=Рус)6-44
В46

Подписано в печать с готовых диапозитивов заказчика 23.08.2007 г.
Формат 84×108¹/₃₂. Бумага газетная. Печать высокая с ФПФ.
Усл. печ. л. 13,44. С.: ПС-Вильмонт. Доп. тираж 10 000 экз. Заказ 2747.
С.: Совр. женщ. Доп. тираж 10 000 экз. Заказ 2746.

Общероссийский классификатор продукции
ОК-005-93, ТОМ 2; 953000 — книги, брошюры
Санитарно-эпидемиологическое заключение
№ 77.99.60.953.Д.007027.06.07 от 20.06.07г.

Вильмонт, Е.Н.
В 46   Фиг с ним, с мавром!: [повести] / Екатерина Вильмонт. —
М.: АСТ: Астрель, 2007. — 251, [5] с.

ISBN 978-5-17-045251-4 (АСТ) (ПС-Вильмонт)
ISBN 978-5-271-17464-3 (Астрель) (ПС-Вильмонт)
Разработка серии дизайн-студия «Дикобраз»

ISBN 978-5-17-045250-7 (АСТ)
ISBN 978-5-271-17465-0 (Астрель)
Разработка серии дизайн-студия «Графит»

Ее проза — изящная, задорная и оптимистичная. Ее по праву ставят в пятерку самых известных авторов, пишущих о взаимоотношениях мужчины и женщины.

И если у вас дурное настроение, или депрессия и жизнь совсем не в радость, то вам помогут романы Екатерины Вильмонт!

УДК 821.161.1
ББК 84(2Рос=Рус)6-44

ISBN 978-985-16-1882-4 (ООО «Харвест»)(ПС-Вильмонт)
ISBN 978-985-16-3196-0 (ООО «Харвест»)

Физ с ним, с мавром!

> Когда б вы знали, из какого сора
> Растут стихи, не ведая стыда...
>
> *Анна Ахматова*

Смотреть на океан не надоедало, собственно, сейчас это было его единственным занятием. Как хорошо, думал он, что я не пишу прозу, в сценариях описание океана не играет роли, а в прозе что ни напишешь, выйдет банальщина. Столько уж всего сказано... Сценарист это совсем другая профессия, даже другой образ мыслей. Хотя в последний год, самый, наверное, тяжелый в его жизни, он вообще ничего не писал, не мог просто. Интересно, я смогу еще писать когда-нибудь? И захочу ли? А если нет? Придется искать другую профессию, хотя в сорок лет это не так-то просто... Да нет, пройдет, все пройдет, как несмертельная болезнь. Моя болезнь не смертельна, уговаривал он себя. Это просто реакция на три смерти за год, смерти самых близких. В ноябре прошлого года умерла жена, умерла внезапно, от сердечного приступа, молодая, красивая, полная жизни. Никто не знал, что она больна. Через три месяца столь же внезапно умер отец, а вслед за ним через полгода ушла из жизни мама, просто угасла, хотя была совсем не старой. На ее похоронах Сашка, старый друг, утешил:

— Ну все, Михалыч, отстрелялся. Бог любит троицу. Теперь начинай жить... План по потерям выполнен и даже перевыполнен.

Некоторый цинизм этого утешения его не покоробил, в нем был здравый смысл и надежда на лучшее. А Люська, жена двоюродного брата, посоветовала:

— Уезжай из Москвы, куда-нибудь очень далеко, где ты еще не был, хорошо бы к морю, и так, чтобы вокруг все новое, а лучше всего на Тенерифе! Это остров в океане, голову продует океанским ветром, душу тоже... Не волнуйся, я там хорошо все знаю, ты только дай мне паспорт и бабки...

В первый момент ему показалось кощунством ехать на курорт, но Люська была настойчива, а у него не было сил с ней бороться, да и уехать из Москвы, от дружеских соболезнований хотелось. Так почему бы не на Тенерифе? И вот он здесь всего три дня, а ему уже легче. Океанский ветер и вправду прочищает мозги и душу. И главное, он начал спать. Свалившись после семичасового перелета, заснул и проснулся утром. Посмотрел на часы, семь утра, а за окнами еще совсем темно, он перевернулся на другой бок и снова уснул на час. В восемь еще едва светало. Вскочив с постели он вдруг ощутил забытую бодрость. В зале гостиничного ресторана, где в потолке была большая дыра для росших прямо из земли пальм, он поймал на себе заинтересованный взгляд двух дам в мини-топиках на макси-бюстах, улыбнулся им и вдруг почувствовал облегчение оттого, что не должен быть здесь скорбным. Никто его не знает, никому нет до него дела, никто не будет подбадривать улыбкой, за которой читалось: да, не повезло, парень, но бывает ведь и хуже... Люська, вручая ему документы, сказала:

— Я выбрала хороший, но вполне демократичный отель. Ваши тусовщики туда не ездят, там удобно, но не круто и очень близко до пляжа. И еще совет, Илюха: не бери с собой ноутбук и не включай там телевизор. Через пять дней почувствуешь себя возродившимся, а через две недели изголодаешься по работе, можешь мне поверить.

По работе он пока не изголодался, а другим человеком себя уже почувствовал. Пугало только полное безразличие к женскому полу. Но и это, надо полагать, временно. Жизнь ведь продолжается. Вчера утром на пляже он познакомился с немолодым, но весьма бодрым соотечественником, тот оказался приветливым, говорливым, они даже нашли несколько общих знакомых, хотя Илья так и не понял, чем новый знакомец занимается. Впрочем, большого значения это не имело, тем более что тот предпочитал говорить сам, почти не требуя ответов. Звали его Вячеслав Анатольевич, он жил в другом отеле и был буквально помешан на здешних красотах.

— Да вы что, первый раз тут? Я вам все покажу! Я тут все уголки знаю, такие места, закачаетесь! Вы еще не ездили на Тэйде? Нет? Это преступление! Вы думаете, сюда народ приезжает жопу в океане мочить? Ничего подобного! Все приезжают посмотреть на Тэйде.

— Если я не ошибаюсь, Лукас там снимал «Звездные войны»? — припомнил вдруг Илья.

— Снимал, снимал, но плевать на Лукаса, там просто чудо! А воздух какой! А хотите, завтра съездим туда, у меня машина, я вам все покажу, это вам не экскурсия: гляньте туда, гляньте сюда!

— Терпеть не могу экскурсии!

— Вот, а я о чем! Так поедемте? Буду рад вам все показать! Вы машину напрокат не брали? Вот и прекрасно, а у меня симпатичный «опелек», прокатимся с ветерком! Я тридцать лет за рулем, дороги тут классные, так что... У вас мобильный есть? С роумингом? Вот и славненько, я вам эсэмэску пришлю, когда за вами заеду, годится?

— Спасибо вам, я с удовольствием. А сколько туда езды?

— Часа за полтора-два доберемся, это еще с остановками.

Утром они опять столкнулись на пляже и Вячеслав Анатольевич сообщил, что заедет за Ильей ровно в одиннадцать.

Вернувшись в номер, Илья достал из сейфа мобильник, на котором значились два новых сообщения от Люськи. Похоже, она всерьез взялась за его реанимацию. «Привет! Оживаешь? Чем занимаешься?» — гласило первое. «Почему не отвечаешь? С тобой все в порядке?» — второе.

Он улыбнулся. Хорошая баба Люська. И ответил: «Был на пляже. Оживаю. Спасибо. Сегодня еду на Тэйде». Почти мгновенно пришел ответ: «Молодчина!». Стало как-то тепло на сердце. Он принял душ, оделся и вышел на балкон ждать Вячеслава. Ласковое октябрьское солнце, синий океан, легкий ветерок действова-

ли умиротворяюще. Он закрыл глаза и сразу
увидел картину, безмерно взволновавшую его
вчера вечером, но только сейчас всплывшую в
памяти. Он знал это за собой — что-то очень
важное в жизни словно опускалось в глубину
подсознания и на другой день всплывало не сразу. Он даже испугался. Неужто это что-то значит для меня?

Вчера после ужина он вышел на набережную пройтись, полюбоваться закатом, ушел
очень далеко и на обратном пути присел на ла-
вочку подышать океанским воздухом на ночь.
Неподалеку от скамейки находился детский ат-
тракцион-батут. Он уже неоднократно его видел, но днем там никого не было, а сейчас скакали дети и подростки. И вдруг там появилась
девушка. К ней подбежала девочка лет десяти,
до того неловко скакавшая в дальнем углу. Девушка слегка приобняла ее. А потом вдруг тоже прыгнула на батут. Ах, как она прыгала,
сколько грации, сколько огня, сколько отчаяния было в этом зрелище! Длинные темные волосы взметались над головой, она подскакива-
ла все выше и выше, легко перемахивая с одного батута на другой. Лихие подростки не годи-
лись ей в подметки. Один, видимо, был задет
ее умением и стал демонстрировать свое. Куль-

биты, сальто, пируэты! Но девушка с легкостью необыкновенной тут же перещеголяла его. Илья не мог оторвать от нее глаз. Но это был взгляд не мужчины, а сценариста. Он уже видел судьбу этой женщины, да, несомненно, это взрослая женщина, возможно, мать девочки, у нее тяжкая подневольная жизнь и тут, на батуте, она выплескивает, выплескивает до полного изнеможения, свое горе, отчаяние, безнадежность. Более того, Илья уже видел кадры будущего фильма, они станут лейтмотивом картины. Женщина на батуте! Основой фильма должно стать пластическое решение, и лучше всех это сделает Артур. Вопрос в том, дадут ли на это деньги, проект отнюдь не коммерческий, но Артур давно мечтает сделать фестивальный фильм. Ни один сценарист не понимает его лучше Ильи, и этот проект может принести им обоим удачу... Публика истосковалась по лирическим историям, а Артур, с его чувством юмора и редким драйвом, сумеет привнести ту необходимую долю юмора, которая не позволит увидеть в ней нечто слезливое... Да причем тут Артур? Батут, он не позволит... Такого, кажется, еще не было. Он, разумеется, захочет снимать свою Милену, ну и что ж? Она превосходная актриса, красивая женщина, будет

Вячеслав не настаивал на ответе. Он говорил сам:

— Дороги тут классные, молодцы испанцы, хотя вообще-то они тупые, как... О, мы уже на высоте полтора километра, это вам не шутки. Знаете, самое удивительное — вот с этой стороны пейзаж вулканический, а обратно поедем — будет совсем другая картина: там сосны, там такие сосны... И вообще, вы не думайте, что сюда все рвутся, чтобы жопу мочить... тут главное — вулкан.

Илья вздрогнул. И пожалел, что согласился на эту поездку.

Время от времени Вячеслав Анатольевич останавливал машину и, схватив фотоаппарат — цифровой, с наворотами, — что-то снимал, а иногда застывал в картинно-задумчивой позе, хотя, на взгляд Ильи, снимать именно в этом месте было нечего. Наконец, они добрались до точки, откуда выше можно подняться только на фуникулере, но к этому моменту он уже искренне ненавидел пресловутый вулкан и все, что с ним связано, и все его усилия были направлены лишь на то, чтобы не нахамить своему спутнику. Идиот, ругал себя Илья, разве можно пускаться в путешествие с незнакомым человеком? Илья пытался о чем-то спросить его, но тот словно не слышал собеседника, просто токовал, как глухарь.

— А на фуникулере подняться не хотите? Там красота! — закатил глаза Вячеслав, — я в прошлый раз пешком до кратера дошел, хотел даже спуститься, но там полиция не пускает.

— Да нет, знаете ли, у меня... высотобоязнь, — соврал Илья.

— Так, может, назад двинем?

— Двинем, двинем. А я хочу пригласить вас где-нибудь пообедать, в хорошем ресторане, вы, наверное, знаете, где лучше...

— Спасибо, что ж, не откажусь, я вам покажу чудный кабачок, я, знаете ли, не люблю рестораны с понтами, я пожрать люблю, хе-хе, чтобы все вкусненько, а понты, кому они нужны? Вот в Москве большинство ресторанов с понтами, я там не люблю... Зачем платить бешеные бабки за понты? Я вот девушку одну в Москве склеил, так она меня на дорогущий ресторан раскрутила... Я вполне могу себе это позволить, но зачем? О, вот мы и приехали!

Больше всего это заведение напоминало бензоколонку. Илья с сомнением спросил:

— Может, еще проедем?

— Нет, тут классно кормят! Обожаю такие

маргинальные заведения... И хозяин знакомый, и стоит все копейки...

Илья, подавив глухое раздражение, согласился. Очень хотелось есть.

Им подали недурно приготовленное жаркое с гарниром из жареной картошки и свежих овощей.

— Это вам не то, что на побережье, тут вкусненько, картошечка классная...

Илья несколько раз уже обедал в прибрежных ресторанчиках и был вполне доволен тамошней кухней. Особой разницы он не заметил, разве что здесь было вдвое дешевле. Но там ты сидишь на берегу океана, а тут смотреть не на что, к тому же сидеть на свежем воздухе куда приятней.

Раздражение волнами накатывало на него, тем более, что фразу о том, что сюда приезжают не жопу мочить, он слышал по меньшей мере раз восемь. Но утешал себя тем, что они все-таки уже едут обратно, а вечером он пойдет к батуту. И сердце сладко замирало...

— Спускаться надо постепенно, — вещал Вячеслав, — сейчас проедем кусок и опять остановимся, я там пофоткаю... Все-таки две с половиной тыщи метров — это не шутки!

Они остановились у смотровой площадки,

пейзаж здесь и впрямь разительно отличался от того, что они видели по дороге на гору. Этот факт почему-то безмерно восхищал и поражал Вячеслава. А Илья уже дрожал от злости: подумаешь, семитысячник! В юности Илья увлекался альпинизмом и даже однажды «совершил восхождение на Эльбрус», как торжественно называл это отец. Кроме того, несхожесть пейзажей на склонах одной и той же горы не была чем-то уникальным и невиданным.

— Думаете, это туман? Это облака, милейший, облака! Хе-хе! Я сейчас!

Он оставил Илью у балюстрады, а сам поднялся метра на два по усыпанному хвоей склону и вдруг улегся, закинув руки за голову, и закрыл глаза, казалось, напрочь забыв о своем спутнике. Илья присел на камень и наблюдал за двумя ящерками, сновавшими между камней. Но он не был натуралистом, и вскоре ему это надоело. Вячеслав продолжал картинно лежать под соснами. К площадке подъезжали машины, вылезали люди, постояв над обрывом, они фотографировались и уезжали, а Илья все сидел. Он ненавидел Вячеслава, но еще больше себя — за глупость. Окружающая красота и действительно прекрасный воздух раздражали его так, что хотелось кричать и запустить камнем в Вячеслава.

— Милейший, сфоткайте меня тут, — раздался голос.

Вячеслав сунул ему в руки камеру и опять улегся на хвою.

Скрипя зубами от злости, Илья щелкнул его.

— А вы, что ж, не полежали? Эх, а у меня все косточки тут как будто отмякли, такие молодые стали... И не только косточки, тут такая энергетика, хе-хе, боюсь, придется нынче барышне своей позвонить... Хе-хе! Сейчас, милейший, я еще пофоткаю тут — и поедем.

Я его убью, подумал Илья. Но тут он вдруг услыхал русскую речь, оглянулся и увидел двух немолодых женщин, подходивших к зеленой «хонде». Эти дамы жили в его гостинице.

— Простите, ради бога, — обратился он к ним.

— О, вы, кажется, живете в нашем отеле? — приветливо улыбнулась одна из женщин.

— Совершенно верно. Простите, но вы не возьмете меня в попутчики?

— А вы машину водите?

— Конечно, я с удовольствием, просто я попал в дурацкое положение...

— Отлично, а то моя подруга машину не водит, а я уже устала...

— Спасибо, вы так меня выручите, еще одно мгновение...

Он подошел к Вячеславу, который стоял у балюстрады, устремив вдохновенный взор вдаль, и тронул его за плечо.

— Вячеслав Анатольевич, я встретил тут знакомых и вернусь с ними. Мне нужно быть в отеле к определенному часу. Спасибо за экскурсию.

Тот даже не успел опомниться, как они сели в машину и Илья рванул с места.

— Господи, какое счастье! — воскликнул он. — Мне, дамы, вас Бог послал!

Дамы были вполне адекватны, вежливы и ненавязчивы. В гостинице они рассыпались в благодарностях и говорили, что его им Бог послал.

— Нет, это вас мне Бог послал, — рассмеялся он, — я сэкономил немало нервных клеток.

Он переоделся, поужинал и вышел на набережную. На батуте никого не было. Он сел на скамейку, провожая взглядом паром, плывущий к острову Ла Гомера. Надо, наверное, там побывать. Солнце мгновенно провалилось в тучи.

Неужто я больше ее не увижу? Я ведь даже не разглядел ее лица и, если встречу, не узнаю. Лица девочки тоже не видел... Неужели она уехала? Может, вчера был их последний день здесь и напоследок она решила оторваться? Ну что ж, жаль... Он встал и пошел вдоль океана. Вечерняя курортная сутолока ничуть не раздражала, видимо, дневную порцию раздражения он потратил на Вячеслава. Ему даже стало немного стыдно. Человек хотел поделиться со мной своей страстью к здешним местам, ну глуп он, ну плохо воспитан и претенциозен, что ж теперь... Наверное, он обиделся, а впрочем, я тоже вправе был обидеться на его поведение... Но я ведь умнее его, хотелось бы надеяться. Ладно, надо просто забыть... И, вероятно, ходить на другой пляж, чтобы не встречаться с ним. Хотя с какой радости? Просто надо не вступать с ним в разговоры и стараться избегать его. Может, теперь он и сам не полезет ко мне, должен же он был что-то понять.

Илья неспешно шел вдоль набережной и вдруг увидел ее. В том, что это она, не было сомнений. Те же короткие брючки и красная маечка, только сейчас вокруг бедер повязаны рукава синего свитера. Те же длинные гладкие волосы, а рядом анемичная девочка. Они шли ему навстречу, то есть в сторону батута. У него громко застучало сердце. Она не была красавицей, отнюдь. Неправильные черты загорелого лица, тонкий, чуть длинноватый нос, большие глаза, собственно, ничего особенного, но он не мог оторвать от нее глаз. Они обе шли молча, женщина придерживала девочку за плечо.

Ей лет тридцать, не меньше, подумал он, когда они поравнялись. Девочка совсем не была на нее похожа. Бледненькая, белокурая, вялая. А в женщине чувствовалась скрытая бешеная энергия. Она испанка, решил он. И хотя вчера он ее не разглядел, сомнений в том, что это она, не возникало. Она, вероятно, гувернантка этой девочки или дальняя родственница, а может, мачеха? Но больше всего его вдохновила мысль о гувернантке. Кто бы она ни была, я напишу о гувернантке... А может, не надо ничего уточнять? Она должна остаться загадкой и для героя и для зрителей. Так, странное явление из какого-то другого мира... Из взрослого серьезного мира... А героем будет мальчик, нет, юноша... Нет, лучше старик... Писатель... Или художник, да, художник, и женщина на батуте вдохновит его на создание шедевра, лебединой песни... Нет, Артур не захочет старика... Он слиш-

ком земной человек, Артур, слишком любит
жизнь во всех ее проявлениях, у него обязательно в картине будет сильный сексуальный заряд,
а в истории со стариком это было бы лишним...
Пусть он будет как я, одинокий, все потерявший
сорокалетний мужчина... Это должна быть просто житейская романтическая история, а женщина на батуте просто символ, мечта, она не должна быть героиней этой истории, героиня будет
другая, вполне земная женщина, потерявшая
свою любовь и прилетевшая на край света в на-
дежде обрести равновесие, два одиночества, ко-
торым не следовало встречаться... Что-то в этом
роде...

Между тем женщина с девочкой прошли мимо батута. Она, похоже, была балериной — по-
ходка у нее балетная, выворотность очень явная.
И двигалась она на редкость пластично. Казалось даже, что девочка тяжким грузом висит на
ней, если бы не девочка, она бы могла взлететь,
как взлетала там, на батуте... Они остановились
у парфюмерного магазина, которых здесь, как
он заметил, было великое множество. Прелест-
ный запах оттуда перебивал другие запахи набережной — океана и жареной рыбы. У Ильи
больно сжалось сердце — мама так любила бывать в парфюмерных магазинах, даже ничего не

покупая. «Илюшенька, отвези меня в парфюме-
рию, хоть на старости лет подышу нормальной
жизнью», — говорила она.

— Ляля, постой тут, — вдруг донеслось до
него, — мне нужно купить кое-что.

Они русские! Вот это удача!

— Нет, я с тобой!

— Я быстро, а ты прилипнешь к витри-
нам! — раздраженно бросила женщина и вошла
в магазин. Девочка за ней.

Илья тоже вошел в магазин. Женщина, не
обращая внимания на девочку, сняла с полки
какой-то крем и быстро направилась к кассе.
А девочка перебирала что-то в большом коробе
со всякой мелочью.

— Ляля, я ухожу!

— Ну Ниночка, ну пожалуйста, купи мне
вот эту бабочку!

— У тебя же есть точно такая!

— Та зелененькая, а я розовую хочу! — она
протягивала женщине резинку для волос с
пластмассовой розовой бабочкой.

— Но это же уродство!

— Неправда, это красиво и очень модно!

— Да нет, это уже вышло из моды, — улыбнулся девочке Илья. — Было бы модно, не ва-
лялось бы в этом ящике.

Женщина удивленно на него взглянула, а Ляля сделала надменное лицо.

— Мужчины в таких вещах не разбираются!

— Это смотря какие мужчины! — засмеялся он. — Я не хочу сказать, что разбираюсь в девчачьих резинках, но я хорошо знаю, что попадает в эти ящики.

Казалось, этот довод подействовал.

Ляля побежала к ящику вернуть бабочку.

— Зря вы это, теперь она будет требовать что-то гораздо дороже, — сухо бросила Нина.

— Ох, простите, я думал... вы не хотели ей это покупать...

— Благодарю, но это была медвежья услуга.

— Простите, я не сообразил... Просто хотел вам помочь.

— С чего бы это? Мужская помощь всегда выходит боком. Вот, полюбуйтесь, она уже нацелилась на супермодную дрянь...

Ляля направлялась к ним, держа в руках ярко-розовый кожаный кошелек с зайцем, выложенным стразами — символом журнала «Плейбой».

— А это вот модно! Я хочу этот кошелек.

Нина тяжело вздохнула.

— Вот видите!

— Я ей подарю этот кошелек, искуплю вину!

— Вы что, клеитесь ко мне? — удивленно шепнула она.

— Нина, купи мне это!

— Зачем тебе кошелек, хотела бы я знать?

— Ну, папа сказал, что будет давать мне деньги, когда мне исполнится двенадцать.

— Но тогда уже такие кошельки точно выйдут из моды, — нашелся Илья.

Нина едва заметно улыбнулась.

— Вы думаете? — серьезно спросила Ляля.

— Уверен.

— Ну все, пошли домой, тебе пора спать!

— Нет, еще не пора!

— Так пока мы дойдем...

— Но ты мне ничего не купила!

— Обойдешься.

— Нет! Папа дает тебе деньги, чтобы ты меня баловала!

— Ты и так уже избалована сверх меры, — тихо проговорила Нина. — Идем.

— Нет, если кошелек нельзя, купи блокнотик с зайчиком!

— Хорошо, но тогда завтра обойдешься без мороженого и батута, — хладнокровно ответила Нина. — Выбирай!

— А как вы думаете, этот блокнотик прикольный? — спросила вдруг Ляля у Ильи.

— Да нет, совершенно не прикольный, так, полный отстой, — попробовал он говорить на современном детском языке.

— Значит, выходит, у меня плохой вкус? — недобро прищурилась девочка.

— Да нет, дело не в этом... — слегка растерялся он.

— А в чем? В чем?

— Ну все, Елена, хватит приставать к взрослым, тебе пора спать, иначе я все расскажу папе.

— А если пойдем домой, завтра будем прыгать на батуте?

— Я свое слово всегда держу, — пожала плечами Нина. — Пошли. — До свиданья, — бросила она Илье, взяла девочку за руку и вышла на набережную.

Пойти за ними? Нет, это может насторожить девчонку, довольно противную, надо отметить. И, кажется, я угадал, Нина ее гувернантка или как там теперь это называется у новых русских? Странно, я совсем не хочу эту Нину, я просто жажду еще раз увидеть ее на батуте... Но как бы там ни было, а она уже сыграла в моей жизни важную роль, я вышел из анабиоза, в который меня ввергла цепь смертей... Я напишу сценарий и назову его просто:

«Женщина на батуте». Пока тут главное не женщина, а батут, но кто знает, как могут перемениться акценты... Значит, завтра я увижу ее, интересно, в котором часу они ходят на батут? С утра там вообще всегда закрыто, днем слишком жарко, значит, как и в прошлый раз, часов около восьми... Надо завтра пораньше поужинать и засесть в засаде на лавочке. Теперь я уж точно смогу с ними поздороваться... И он не спеша направился к гостинице. На батуте скакали два паренька лет двенадцати, что-то громко выкрикивая по-английски, и молчаливая сосредоточенная девушка, смотреть на которую не захотелось. Илья вошел в сад при отеле и увидел пластмассовое белое кресло, стоявшее в темноте под пальмой. Идти в номер еще рано, сидеть с кружкой пива за столиком перед пустой эстрадой, даже и думать тошно. Может, пойти в бар? Нет, туманить лишь недавно прояснившийся мозг алкоголем преступно. Он сел в кресло, вытащил из кармана мобильник и решил немедленно связаться с Артуром.

— Илюха! Рад слышать! Ты там тунеядствуешь? Хорошо тебе?

— Артур, послушай меня! Я придумал охренительный фильм!

— Прямо сразу и фильм?

— Да! Только ты снимешь как надо!

— Илюха, я рад слышать твой прежний голос! Ты же там разоришься на телефоне, вот что, в отеле наверняка есть компьютер, пошли мне завтра подробное мыло, договорились?

— Хорошо, я утром пошлю. Артур, это будет то, что ты хотел! Фестивальное кино! Простая житейская история, но с такой пластикой...

— Илюш, я спешу, все, пока, до мыла!

Артур безусловно прав, он, как всегда, практичен, рационален. Для Ильи было неразрешимой загадкой это его свойство — при таком прагматизме взлеты романтики, тонкость чувств, поразительная нюансировка... Талант, одним словом.

Именно фильмы Артура принесли успех Илье, его имя стало высоко котироваться... Артур всегда мог сказать, имеет смысл браться за сценарий или же идея обречена на провал...

— У меня собачий нюх! — хвастался сам Артур.

Пожалуй, надо пойти в номер и записать все на бумаге, чтобы завтра не ломать голову у гостиничного компьютера.

Через полтора часа был готов не просто набросок, а настоящий синопсис, и Илья с чистым сердцем завалился спать.

«Илюха, брат, это супер! То, что я хочу, мечта просто! Ты все классно придумал, возвращайся, будем пробивать идею!»

Одобрение друга было до невозможности приятно, еще бы, после года бесплодных попыток он вновь обрел себя... Спасибо, Люська!

Мир опять показался ему прекрасным, и он подумал: пожалуй, не надо снова смотреть на Нину на батуте. Зачем? А вдруг сегодня все покажется ему в другом свете и он потеряет то восхитительное состояние духа, или вся история обретет тяжелую обременительную реальность. Однажды, лет пять назад, он летел из Америки в Москву и увидел девушку — хрупкую блондинку, заплаканную. Она нервно бегала по салону, а когда самолет попадал в зону турбулентности и приходилось сидеть пристегнутой, ломала руки. Что-то в этой нервозности его заворожило, хотя девушка была совсем не в его вкусе, и от нечего делать он придумал историю о ней, из которой потом вышел сценарий фильма, но на фильм Артур денег не нашел, а на телевидении ему заказали сериал, и они вдвоем придумали еще бог знает сколько всякой всячины, на целых восемь серий. Сериал пользовался бешеным успехом, они огребли трех «ТЭФИ» — за лучший сценарий, лучшую режиссуру, а жена Артура за лучшую роль второго плана. А через полгода он случайно увидел ту девушку в Доме кино с известным артистом под ручку. Она была отвратительно вульгарна, плохо воспитана и претенциозна и не имела ничего общего с той, которую придумал он. А теперь история еще только зарождается, и реальность может помешать всему. Не пойду, решил он. Взял напрокат машину и уехал в Санта-Крус, старинная часть которого совершенно его очаровала. Он долго гулял, потом пил кофе в уличном кафе и чувствовал себя великолепно. И даже послал эсэмэску Люське: «Спасибо!». И тут же получил ответ: «На здоровье!». Люська вообще прекрасно его понимала, а покойная Лида часто смеялась: «Тебе надо было жениться не на мне, а на Люське, у вас такое взаимопонимание...» Он решил плюнуть на ужин в отеле, побродил еще по городу, потом съел спагетти в итальянском ресторанчике, посмотрел на часы. Восемь. И вдруг его охватил ужас — показалось, что, не увидев опять Нину, он просто не

жала ему навстречу, красиво, изящно, словно в танце... Он замер.

В ушах у нее были наушники плеера, она пробежала мимо, не заметив его.

— Нина! — неожиданно для себя окликнул он.

Она резко остановилась и обернулась.

— Вы? Доброе утро!

— Простите, что остановил вас... Кажется, этого делать не следует...

— Почему?

— Ну, дыхание сбивается или еще что-то...

— Плевать! А вы чего в такую рань поднялись?

— Не спалось, решил пройтись до завтрака.

— Вы меня по имени знаете, а я вас нет...

— Илья, меня зовут Илья...

— Очень приятно, — улыбнулась Нина и протянула ему руку.

— Да, будем знакомы... Вы каждое утро тут бегаете?

— Да. Бегать в городах не то что не полезно, а прямо-таки вредно, а тут такой воздух...

— Нина, я хотел спросить... Вы вчера попали на батут?

— На батут? — крайне удивилась она. — Нет, а что?

— Я на днях видел, как вы прыгали... Это было так... так потрясающе... Незабываемая картина...

— Значит, вы не случайно к нам приклеились в магазине? — засмеялась она.

Ему вдруг стало легко.

— Не случайно! Я пришел к батуту, а вас нет, и вдруг увидел вас на набережной, вот и потащился следом...

Она нахмурилась.

— Зачем вы мне это говорите? Рассчитываете на легкую интрижку? На курортный романчик?

Он вдруг разозлился.

— А вы полагаете, если мужчина говорит женщине что-то хорошее, он сразу имеет в виду койку?

— А что же еще? Ну, может, вы лично имели в виду сперва развести турусы на колесах, а потом уж... Все вы имеете в виду одно и то же.

— А вы что, ждете, что вам сразу скажут: выходите за меня замуж, прекрасная незнакомка?

— Когда-то ждала, теперь не жду!

— А вам обязательно хочется замуж? В наше-то время?

— Да что вы обо мне знаете, и вообще...

— Я ничего о вас не знаю, хотя кое о чем догадываюсь...

— Интересно!

Разговор явно принимал нежелательный оборот.

— Простите, Нина, ради бога, простите!

— Да ладно! Не вы первый, не вы последний, все как обычно.

Губы ее горько и в то же время презрительно скривились.

— Все вышло как-то... глупо, но поверьте, Нина, мы еще не были знакомы, а вы... вы уже сыграли в моей жизни важную роль....

Она опять усмехнулась.

— Новый виток? Ладно, что вам от меня надо? Спать с вами я не собираюсь, предупреждаю сразу. Если после такого предупреждения вы еще будете ко мне клеиться...

— То что? — прищурился он. Эта женщина все время выводит его из себя.

— То я очень удивлюсь.

Фу, подумал он, какая дешевая уловка...

Кажется, она прочитала его мысли.

— Я же не сказала, что сделаю выводы в вашу пользу. Просто удивлюсь, вот и все. Так что прощайте, Илья. — Она взглянула на часы. — Ладно, мне пора. Всего наилучшего.

— Подождите, Нина!

— Да?

— Давайте встретимся.

— О!

— Нина...

— Я вам уже сказала — на интрижки с пересыпами я не иду, я себя не на помойке нашла, а что может быть нужно одинокому мужику вашего возраста на курорте? Великая любовь? Извините, это чушь собачья. Все, счастливо! Впрочем, поищите и найдете, желающих тьма!

И она побежала в обратную сторону, так же красиво и размеренно. Никакого смятения в ее движениях не было.

Он остался стоять как оплеванный. Черт побери, что это такое? Он всегда умел разговаривать с женщинами, а тут...

Но какова! Я себя не на помойке нашла... А я-то, идиот: «Вы сыграли в моей жизни важную роль!..» Иначе как дешевым словоблудием это и назвать нельзя. Где ей понять, что со мной было и что стало... Уверен, она неплохо устроилась, наверняка живет с папашей этой Ляли, ну, или подживает, он ей хорошо платит, вот она и фордыбачит... Ладно, Илюха, в тебе просто говорит обида, тебя не поняли, не оценили твоих высоких устремлений, приняли за обычного курортного приставалу...

Рассвет он проворонил. Но, чтобы смыть неприятный осадок, побежал на пляж, где не было пока ни души, и бросился в прохладную воду. Что это там болтается на уровне волнореза? Буйки? Откуда они взялись? Вчера их не было. Он поплыл к ним. Новенькие буйки, желтые и оранжевые, в виде лимона и апельсина на ярко-зеленом синтетическом тросе. Наивность этой придумки даже умилила его. Трос еще не зарос водорослями, он ухватился за него и закрыл глаза. Все хорошо, Илья, все прекрасно, да, жизнь полосата, да, неизбежны потери, как в любимой маминой песне « Не прожить нам в мире этом без потерь, без потерь...». Но есть океан, солнце, есть добрые люди, которые меня любят, одна Люська чего стоит, и есть работа, наверное, самая интересная на свете, по крайней мере для меня, а бабы... Что ж, они и есть бабы. Вероятно, эта Нина сейчас думает: «Мужики есть мужики...» Ему стало смешно. Черт с ней, с Ниной. История-то у меня уже есть, красивая, печальная... Кстати, надо, чтобы героиня сказала герою, что нашла себя не на помойке, выражение распространенное, но может классно прозвучать, диа-

логи у меня получаются будь здоров! И не
нужны мне все бабы мира! Разве что Люська,
но она для меня не баба, а добрая верная подружка. Вот если бы такую найти... Да где ж
ее найдешь...

Он поплыл обратно, потом еще раз до буй-
ков, и еще раз, и еще... Наплававшись до оду-
рения, он вылез и, как был в плавках — ведь
полотенца при нем не было, — прихватив
одежку и туфли, босиком побрел к отелю. Подобное явление никого здесь не удивляло. После завтрака он сел на балконе и принялся стро-
чить в купленном вчера большом блокноте. Как
ни странно, этот дедовский способ письма доставлял ему удовольствие. Вероятно, качество
современной литературы во многом обусловле-
но средствами письма. Разве можно было, к
примеру, в девятнадцатом веке гусиным пером
писать по роману в месяц? Хотя, кажется,
Бальзак... Но я-то не Бальзак, это точно, да и
вообще не писатель, я киносценарист и только.
А может, все-таки не только, может, стоит попробовать писать прозу? Конечно, не на ком-
пьютере, а так, от руки? Он перечитал написан-
ную сцену, и ему показалось, что так лучше,
фразы как-то красивее, закругленнее, что ли...
Он остался страшно собой доволен, но начина-

ло припекать солнце, пора уходить с балкона...
Он сунул блокнот в шкаф на верхнюю полку и
решил уехать в городок Пуэрто-де-ла-Крус, о
котором рассказывали дамы, подобравшие его
на дороге. Слава богу, я не встречал больше
этого Вячеслава...

Илья вышел из номера, вызвал лифт и вдруг
вернулся взять с собой блокнот. Сяду где-нибудь в кафешке на берегу и еще попишу... Господи, неужто я опять вернулся к себе самому?

И действительно, погуляв по городку, он ис-
купался, кстати, здесь песок был куда чернее,
чем в Лас Америкас, где он жил. Потом про-
шелся по магазинчикам, купил себе мягкие туфли, полосатую майку и пакет соленого миндаля,
который обожал. Ах, Люська, спасибо тебе за
все!

А после обеда он заказал двойной эспрессо и
достал блокнот. Опять перечитал написанное и с
радостной улыбкой принялся писать дальше.
Когда он взглянул на часы, то ахнул. Было уже
начало седьмого. Пора ехать назад. В восемь
уже темнеет. Он был чрезвычайно собой доволен и всю дорогу напевал привязавшуюся мело-
дию «Натали», Хулио Иглесиас звучал здесь
повсюду.

После ужина он решил пройтись вдоль океана, и ноги сами собой понесли его в сторону батута. Зачем? — спросил он сам себя. — А черт меня знает...

— Илья? — услышал он вдруг голос сзади. Оглянулся.

— Нина?

— Добрый вечер, рада, что встретила вас, я хотела извиниться... Я была несдержанна, может, даже груба... извините.

— Хорошо, — смутился он. — Я понимаю... Хотя вы все неверно утром истолковали... Ладно, проехали. А где же Ляля?

— К ней приехал отец. И я свободна сегодня.

Одета она была явно не для батута — модная пестрая юбка и черная блузка без рукавов, туфельки на каблуках.

— Вы куда-то собрались? — поинтересовался он, окинув ее взглядом.

— Да нет, хотела просто выпить кофе где-нибудь...

— А не составите мне компанию? — спросил он, твердо уверенный в ее согласии. Более того, он был уверен, что она пришла сюда из-за него и для него же принарядилась.

— С удовольствием. Хочу загладить утреннюю неловкость. Еще раз извините, нервы.

— Куда пойдем?

— Да все равно...

— Тогда пойдем вдоль набережной, где нам приглянется, там и сядем.

— Хорошо.

Очень скоро им приглянулось маленькое кафе, почти всегда пустующее днем, сейчас же там было довольно людно. На круглом столике с клетчатой скатеркой стояли цветы и горела свеча.

— Хотите сесть лицом к океану? — галантно предложил он

— Зачем? Его сейчас все равно не видно...

— Нина, вы не голодны?

— Нет. Я буду только кофе.

— Может, по бокальчику вина?

— Вы пейте, я не хочу.

— Да нет, я тоже не хочу. Но, может, мороженое или какой-то десерт?

— Спасибо, нет.

— А я хочу мороженого. Я вообще обожаю сладкое.

— Мужчины часто бывают сладкоежками, — улыбнулась она.

— Нина, вы в прошлом танцовщица?

— А что, заметно?

— Да.

— Я танцевала в ансамбле Моисеева.

— О! Но почему бросили? Вы же еще мо-
лоды.

— Спасибо, конечно, но так получилось...
Я вышла замуж, а муж не хотел, чтобы я работала, вот я и бросила. Любовь... А потом мы уе-
хали из России в Испанию, у него там бизнес
наметился... и все вроде было здорово, а потом ...
Впрочем, я не хочу об этом сейчас говорить, незачем. А вы? Почему вы здесь один?

— Устал, приехал отдохнуть, прийти в
себя.

— А вы кто? На бизнесмена не похожи...
Он засмеялся.

— Да уж, я точно не бизнесмен.

— А можно, я попробую угадать, кто
вы? — Она лукаво улыбнулась ему, и он почему-то испугался. Она была очень хороша сейчас.

— Попытка не пытка.

— Только обещайте, что скажете правду, если я угадаю.

— Хорошо, обещаю.

— Вы... ученый...

— О нет!

— Тогда... художник?

— Холодно!

Она окинула его внимательным и как ему показалось, опытным взглядом, задержавшимся на его хоть и швейцарских, но далеко не роскошных часах, которые ему давным-давно подарил отец.

— Вы... наверное, вы писатель?

— Теплее.

— Издатель?

— Лютый холод.

— Киношник?

— Очень, очень тепло!

— Ага, вы сценарист?

— Угадали!

— Как интересно! А что вы написали? Какие фильмы у вас есть?

— Вы любите кино?

— Да. Раньше не любила, а тут так иногда домой тянет, поставишь какой-нибудь русский фильм...

— Вы видели «Весну вместо лета»? — назвал он сравнительно недавно прошедший небольшой сериал.

— Это с Телегиным?

— Да!

— Классный фильм! Я так волновалась, что его убьют. И любовь там такая... Здорово! А как ваша фамилия, Илья?

— Голицын.

— Вы из князей?

— Нет, отнюдь.

— И не косите под князя? Удивительно!

— Знаете, я не такой дурак.

Она пристально посмотрела ему в глаза.

— Вы, кажется, хороший человек, Илья. А почему вы утром сказали, что я уже сыграла какую-то роль в вашей жизни? — спросила она, интимно понизив голос.

Ему не хотелось сейчас заводить этот разговор.

— Я вам как-нибудь потом объясню.

В ее глазах промелькнуло торжество. Ага, ты уже предполагаешь, что мы еще встретимся!

— Илья, мне очень неудобно, но у вас такое аппетитное мороженое, я тоже хочу!

Он махнул рукой официанту.

— Может, и вина выпьем? Нина?

— Пожалуй, за знакомство... У меня никогда не было знакомых сценаристов.

Принадлежность к миру кино своего рода билет к сердцам большинства женщин, независимо от возраста и внешних данных. И хотя профессия сценариста была, по его мнению, основной в деле кинопроизводства, но для непосвященных существовали только актеры, ну изредка еще и режиссеры, однако магические слова «кино» и «телевидение» словно накладывали золотой отпечаток и на другие скромные профессии этого цеха. Старый друг Ильи звукооператор Олег Самохвалов, жуткий, патологический бабник, уверял, что стоит сказать девушке, что он приглашает ее в Дом кино — и она уже на все готова. Илья и сам это знал, только никогда специально этим не пользовался. Его не привлекали девушки такого сорта. Но Нина... В ней было что-то волнующее, таинственное, и сейчас он мог бы поручиться, что она согласится пойти к нему в отель. Он только не был убежден, что сам хочет этого. Он почему-то поверил ей, когда она утром сказала, что не годится для курортного пересыпа. Или пересып с киношником не в счет? Он решил для себя: если она сейчас начнет спрашивать, кто на ком женат, кто с кем спит, он больше не станет с ней встречаться. Неинтересно. А если просто переспать и забыть? Он боялся, что так у него не получится... Для этого можно найти дамочку и в отеле, без всяких моральных обязательств и угрызений.

— Илья, хотите, я расскажу вам свою историю, почище всяких сериалов?

— Расскажите, но только если вы сами этого хотите.

— Да, я вдруг поняла, что хочу хоть кому-то рассказать. Сначала не хотела, а теперь... Мне кажется, вы умеете слушать. С мужчинами это редко бывает, а женщины... Они сами норовят свою историю рассказать...

— Я вас слушаю, Нина, очень внимательно.

— Вам правда интересно?

— Правда.

Она задумчиво смотрела на него. Глаза у нее были печальные.

Боже, какие глаза, вдруг заметил он. Что называется, бездонные... Но что там, в этой бездне? Черт ее знает, но хороша, сразу и не сообразишь, как хороша... Не все ли равно, как там она скачет на батуте, смотреть бы в эти глаза и смотреть...

— Знаете, Илья, не буду я вам ничего сейчас рассказывать.

— Почему?

— Раздумала. К чему грузить совершенно чужого человека своими бедами? И вообще, сегодня такой чудный вечер, мне приятно с вами, не хочу я ничего бередить. А вот если у вас есть потребность выговориться, расскажите, мне интересно.

— Знаете, в моей жизни не произошло ничего... сверхобычного, что ли. За один год умерли
трое самых близких мне людей. Просто умерли,
без криминала, без долгих страданий. Поэтому
говорить тут не о чем. И я не хочу.

— Вам плохо, да? Одиноко? — она слегка
коснулась рукой его предплечья.

— Да нет... У меня есть моя работа, есть
друзья... Они отправили меня сюда, и я понял,
что жизнь, несмотря ни на что, продолжается.

Он даже испытал облегчение от того, что она
не стала рассказывать о себе. Зачем ему это?

— Илья, вы давно уже здесь?

— Пять дней, а кажется, что очень давно.

— Вам надоело?

— Нет, что вы, нисколько!

— Вы на неделю приехали или больше?

— На две. Нина, вы обычно заняты по ве-
черам?

— Да, но когда приезжает Лялин отец, он
меня отпускает. — Вот как сегодня. А почему
вы спросили?

— Просто хотелось бы еще увидеться с
вами.

— А я еще пока не ухожу, — зазывно улыбнулась она. Вы танцуете, Илья? — огорошила
она его вопросом.

— В каком смысле?

— Ну, потанцевать с девушкой в кафе можете?

— Ну, вообще-то могу, но с танцовщицей еще не пробовал. А вам хочется танцевать?

— Да, я так давно не танцевала...

— Но здесь же не танцуют.

— А тут недалеко есть место, где танцуют. Пошли?

У нее так блестели глаза, что он сразу согласился, хоть и не был большим любителем танцулек.

— Но только не на дискотеку, этого я не выношу.

— Да нет, зачем, тут есть ресторан с танцполом...

— Да? А я не видел...

— Идем, идем, Илья! Я так хочу танцевать! Я хочу, чтобы ты увидел, как я танцую! — шепнула она.

Кадреж по полной программе, мелькнуло у него в голове. Что ж, если она хочет, почему бы и нет. Если в постели она так же хороша, как на батуте...

Танцевала она действительно классно! Но это было совсем не то, что он воображал. Никаких объятий. В его представлении танцы в ресторане с женщиной — это ничто иное, как топтание под медленную музыку, когда совсем не важно, какие делать па, а важно прижаться друг к другу, ощутить пресловутый «запах женщины», понять, почувствовать ее ответный импульс и окончательно решить для себя, хочешь ты эту женщину или нет. А тут... Он растерянно, с глупым видом топтался на месте, а она показывала себя, не только ему, но всем, кто был в ресторане. Ах, как она танцевала! Гибкая, темпераментная, великолепно слышащая музыку. В какой-то момент он почувствовал себя полным идиотом и тихо ретировался за столик, а она упоенно продолжала танцевать. Маленький оркестрик, видимо, восхищенный этим спектаклем, играл не переставая. Другие пары, не выдержав марафона, просто смотрели на нее, а она все танцевала, казалось, ей это не стоило никаких усилий.

Я ей совершенно не нужен, без всякой обиды констатировал он, ей нужно показать себя не мне, публике. Она, видимо, вкусила когда-то этот яд сцены и при первой возможности наслаждается им. Значит, она вовсе меня не кадрит. Или кадрит таким вот образом? Но, как говорится, не на того напала. Ему никогда не нравились женщины такого рода... Все друзья потешались над ним за то, что у него никогда не было романов с актрисами, даже самыми ослепительными, хотя они частенько заигрывали с ним. Он был видным, привлекательным мужчиной, но... Вот Артур бы сейчас наверняка завелся, с усмешкой подумал он. У него и жена красавица-актриса, да и других он не пропускает...

Наконец, оркестр смолк. Она слегка ошалело огляделась вокруг, словно очнулась от наркотической грезы, и с виноватой улыбкой подошла к нему.

— Прости, Илья... Я давно не танцевала, меня как прорвало...

Ее возвращение к нему сопровождали аплодисменты публики.

— Вы и вправду потрясающе танцуете, — не подхватил он этого «ты». Лучше сохранить дистанцию. Кстати, замечательная сцена для фильма... И жена Артура станцует как нельзя лучше. Она очень музыкальна и пластична. А Нину жаль...

— Илья, знаете, мне пора...

— Уже?

— Да, я не могу возвращаться заполночь, я же все-таки воспитываю девочку и не могу шляться без зазрения совести. Ведь если меня уволят... Мне совсем некуда будет деваться...

— Да, конечно, идемте, я вас провожу.

— Не стоит меня провожать...

— Вы не хотите, чтобы нас видели вместе?

— Конечно! Я сказала, что пошла погулять с подругой...

— У вас тут есть подруги?

— Одна есть, она тоже служит в богатой семье...учительницей музыки... И я не хочу...

— Нина, но что же, мы больше не увидимся?

— Ну почему же... По утрам я всегда бегаю в одно и то же время, — улыбнулась она. — К тому же завтра Ляля с отцом полетят на Гран Канариа, и я буду свободна после обеда. Наверное, буду...

— Превосходно, тогда, может, пообедаем вместе?

— Давайте утром встретимся и договоримся. Вероятно, я уже буду знать, что меня ждет завтра.

— Что ж, тогда до встречи утром.

— И вам не лень так рано вставать? — улыбнулась она.

— Я всегда рано встаю.

— Ну, до завтра, жаворонок!

Он вздрогнул. Так его, бывало, приветствовала Лида. Она, наоборот, любила поспать, и когда утром он садился за компьютер, частенько входила заспанная к нему в комнату, чмокала его в затылок, от нее пахло теплом, хорошими духами и зубной пастой. Она очень заботилась о своих зубах, а сердце запустила...

Шок от ее внезапной смерти был так силен, что он полностью утратил почву под ногами, а потом смерть отца и матери... Казалось, он не выдержит, а вот выдержал, и даже начал волочиться за женщиной, правда, как-то вяло, с сомнениями и рефлексиями, но все же, и это самое важное, он смог работать... А времени с похорон матери прошло всего ничего, каких-то полтора месяца. Какая же скотина человек! Подобным мыслям он предавался в последнее время довольно часто, находя в них даже какое-то мрачное упоение, но сейчас это был просто привычный ход мыслей, не более того. А раз так, надо отвыкать! Иначе возникнет диссонанс, разлад с самим собой. Он вдруг ощутил, как в нем прорастает жажда жизни, словно росток в документальном кино, снятый рапидом... Он вернулся к себе, зажег на балконе свет, взял блокнот и сел, поставив рядом бутылку пива.

Вдруг в дверь постучали. Кого это черт принес? Скорее всего, кто-то спьяну перепутал комнаты. Он открыл дверь. И онемел. На пороге стоял Артур.

— Привет, Илюха! Не ожидал? Я не глюк, поверь! Хочешь, я тебя ущипну!

— Но каким образом? Как ты меня нашел?

— Через Люсинду! Ты не рад, скотина?

— Что ты, конечно рад! Заходи!

— Ты что, один тут в такой час? А девушки где? Где та, что вдохновила тебя? Почему ее тут нет?

— Потом расскажу! Где ты остановился?

— Номер как раз над тобой, повезло, да?

— Ты один или с Милкой?

— Милка снимается в трех сериалах сразу. А я прибыл с отличными вестями! Есть маза, что у нас будут деньги на фильм. Именно на фильм, а не на сериал, понимаешь, старик, меня как что-то стукнуло с этим батутом! Я сразу все увидел, и буквально в тот же день подвернулся один тип, он готов дать под это бабки, если я сниму его дочку...

— Дочку? С ума сошел, а Милка?

— При чем тут Милка, дочке всего двенадцать, ты сочинишь для нее эпизодик — и порядок!

— Фу, — выдохнул Илья, — а я уж испугался... Это роль как раз для Милки! А что мы стоим? Хочешь чего-нибудь? Ты успел поужинать?

— Успел, успел.

— А почему ж ты не позвонил, я бы тебя встретил...

— Хотел сюрприз тебе сделать, немыслимо приятный сюрприз. Я гляжу, ты в форме, старичок, оклемался, слава Богу! А у меня выбралось время, вот я и махнул... Покажешь, что уже насочинял?

— Покажу, что за вопрос, я тут еще придумал сцену с танцами, знаешь, у нее такая пластика...

— Ты с ней познакомился?

— Конечно!

— Трахнул?

— Нет.

— Почему? Уродина?

— Нет, что ты...

— Не хочешь?

— Сам не пойму.

— А она?

— Черт ее знает...

— Покажешь?

— Ну раз ты примчался в такую даль... Правда, придется рано встать.

— Не страшно, я всю дорогу дрых без задних ног. Ну, пивом-то угостишь?

— Может, чего покрепче? Давай в бар спустимся?

— Да нет, там не поговоришь.

— Тогда я тебе прочту, что успел.

— Давай я лучше глазами...

— Почерк не разберешь.

— Ты что, без ноутбука? От руки пишешь? Обалдеть! Вот разобрало!

Илья прочитал ему все, что успел написать.

Артур, отбросив свою вечную шутливость, посмотрел на него.

— Илюха, брат, это класс! И, по-моему, это новый этап. Очень уж все по-взрослому...

Илья улыбнулся. В устах Артура это было высшей похвалой.

— Тебе правда нравится?

— Не то слово! Говорю же, новый этап... Знаешь, я раньше считал, что все разговоры о пользе страданий для творческого человека просто лабуда, а теперь вижу — правда. Знаешь, пошли в бар, за это стоит выпить... Друг, Илюха, это будет... Это будет...

— Знаешь, мне тоже кажется, что будет!

Они изрядно выпили в баре на набережной, пили за все, кроме будущего фильма — за будущий успех пить нельзя.

— Черт, как странно, — заплетающимся

языком говорил Артур, — вот знаю, что там в темноте океан, а все равно не верится. Илюха, а почему все же ты ее не трахнул?

— Кого?

— Ну, эту, с батута?

— Не успел!

— Так не бывает, успеть всегда можно, если охота. Это не довод. Скорее всего, не хотел...

— Я и сам не пойму, вот сейчас я, наверное, не отказался бы... А вечером... сам не знаю, что-то в ней есть не мое.

— Да? Тогда я займусь девушкой, зря я, что ли, в такую даль мчался. Раз она гувернантка, вряд ли у нее можно что-то подцепить, как ты считаешь? Не хотелось бы, знаешь ли...

— Артурчик, прекрати...

— Ладно, Илюха, бабы — это чепуха. Главное, что мы с тобой друзья и сделаем из этого настоящее кино...

Илья проснулся и понял, что наверняка проворонил утреннюю пробежку Нины. Ну и ладно! Не до нее сейчас, вчера Артуру в голову пришла одна роскошная мысль... Он вскочил и сразу схватился за блокнот — записать то, что придумал Артур. Идея прекрасно вписывалась в его историю. Ах, как он любил эту работу вдвоем с Артуром. Несмотря на выпитое вчера, голова была ясной и все получалось. Когда через полчаса позвонил Артур, звать его завтракать, Илья сказал, что уже придумал, как приспособить его идею. Артур возликовал, примчался к нему, прочел сцену и расцеловал Илью.

— Илюха, брат, ты гений!

И они отправились завтракать. Какие-то девушки зашептались при виде Артура, наверное, видели его в многочисленных телешоу, где он частенько и с удовольствием участвовал

— Слушай, а ведь мы твою прыгунью продрыхли! — хлопнул себя по лбу Артур.

— Ничего, вечером сходим на батут.

— Отлично. Пошли тогда на море...

— Океан, Артур, океан!

— Ох, прости, Илюха, я по привычке. Только не надейся, что я позволю тебе долго купаться, я не затем летел в такую даль, искупаемся — и за работу!

Когда-то давно, когда наше кино считалось умершим, они встретились, поняли друг друга с полуслова и решили на свой страх и риск написать идеальный сценарий. Артур тогда снимал рекламные ролики и видеоклипы, а Илья вместе с женой строчил романы по мексиканским сериалам, но случилось чудо: Артур, снявший необычайно удачный рекламный ролик, сумел уболтать хозяина фирмы-заказчика, и тот дал деньги на их первый фильм. Фильм получился. Он не снискал каких-то премий и наград, но о нем заговорили, его смотрели. Милку после него стали приглашать во многие проекты, одним словом, это был успех, который помог Артуру, человеку весьма предприимчивому и на редкость обаятельному, сменить звание клипмейкера на звание подающего надежды кинорежиссера, а Илье подающего надежды сценариста. И они эти надежды вполне оправдали. Оба объясняли свой успех редкостным взаимопониманием. Милка часто смеялась: «Эх, Илюша, если бы он так меня понимал!»

Накупавшись до одури, они плюхнулись прямо на песок.

— Хорошо, черт побери! — воскликнул Артур. — Как полезно иногда вырваться из привычной суеты... Я что-то совсем завертелся. На фиг, вернусь домой, откажусь от всей этой шелухи, веришь, Динку почти не вижу. Она и то говорит: «Я папу только по телевизору вижу!» Куда это годится? Слушай, ну зачем эта тетка с голыми сиськами ходит? Никакой ведь красоты.

— Не обращай внимания. Тут с красотой вообще кисло. Видели бы наши бабы и девки, помешанные на гламуре, какие тут телеса со всего света съезжаются. И ведь чувствуют себя вполне прекрасными.

— И правильно! Мне вон та веселая булочка нравится куда больше тощих моделек. И вообще, когда в голове у бабы только калории и килограммы, от нее тошнит. С тоски подохнуть можно.

— А Милка что, о калориях не думает?

— Ну, во-первых, Милка актриса, а во-вторых она практически не полнеет, мне вообще, Илюха, повезло с женой. Актриса и не дура — это раз, красивая и не блядь — это два...

— Но ты, кажется, ни в чем себе не отказываешь? — усмехнулся Илья.

— В меру. Я точно знаю, вторую такую я не найду, но, с другой стороны, легкие интрижки помогают сохранить семью. Впрочем, это вполне банальная истина. А кстати, ты в курсе, что Люська тебя любит?

— И я ее люблю, она такая клевая баба.

— Ты меня не понял. Она тебя не как друга любит...

— О, да не выдумывай ты, что за чушь!

— Ты бы глаза открыл, брателло!

— С ума сошел? — испугался вдруг Илья.

— Да нет, это она с ума по тебе сходит.

— С чего это ты взял?

— Если честно, это не я, а Милка.

— Что?

— Она первая заметила, сказала мне, я пригляделся, и правда...

— Но она же жена Павлика...

— И что?

— Но он же мой брат!

— Двоюродный.

— Зря ты мне это сказал...

Илья вдруг ощутил острую боль потери. Теперь он не сможет больше общаться с Люськой, как прежде, болтать обо всем на свете, советоваться по любым вопросам, жаловаться на боль в ноге или резь в желудке... Неужели Люська станет еще одной тяжелой потерей в ряду других безвозвратных потерь?

— Все, Артурчик, смоем песок — и работать!

Артур понял, что сморозил глупость, и больше не поднимал эту тему. Он вспомнил, что Милка предупреждала его не говорить о своем открытии Илье: «Сами разберутся, в такие дела лезть нельзя!» «Но он же может никогда не заметить!» — возразил тогда жене Артур. «Значит, ему это не нужно».

Через час на балконе стало жарко.

— Может, спустимся к бассейну? — предложил Артур.

— Там такой гвалт! — поморщился Илья.
Пошли лучше на набережную, я знаю одно кафе, днем там почти никого нет, а кофе и мороженое очень приличные.

— Годится!

Они пошли вдоль океана.

— Тут пристойная жрачка? — поинтересовался Артур.

— Ничего особенного, но вполне... А вон и
батут.

Артур весело покосился на друга. Ему показалось, что голос Ильи слегка дрогнул...

Они проработали до самого обеда, вернулись
в отель и поехали в соседний городишко Лос-
Христианос, где и пообедали в уличном ресторанчике, который Илье рекомендовали дамы,
спасшие его от Вячеслава.

— Давно такой рыбы не ел, — с наслаждением произнес Артур. — Знаешь, брат, я бы
еще съел, а ты? Что двум молодым мужикам какая-то одна рыбка?

— Не возражаю! — засмеялся Илья. — А
ты, значит, считаешь, что мы еще молодые?

— Мы уже маститые профессионалы, а мужики мы еще ого-го!

— Не уверен...

— Боже мой, трахни кого-нибудь, сразу ощутишь себя молодым. Что тут баб, что ли, нету? Глянь, вон какая спеленькая, так, кажется, и просится в койку? Поверь, Илюха, это лучшее лекарство от хандры.

— Лучшее лекарство от хандры — работа.

— Для ханжей, брателло! Ты никогда раньше этим не грешил, раньше ты грешил совсем другим...

— Артур, это пошло!

— Согласен, получилось пошло, извини, брат.

— Так и быть.

— Значит, тебе эта спеленькая не нравится? Не возражаешь, если я ею займусь?

— Ради бога, но возвращаться будешь на такси.

— Не проблема, а то у меня уже слюнки текут. Сколько ей, по-твоему? — Двадцать три есть?

— Что-то в этом роде.

Артур вскочил и подошел к девушке, которая сидела в кафе напротив. Что-то сказал. Та подняла голову, улыбнулась и развела руками. В этот момент к ней подошел немолодой мужчина и весьма свирепо посмотрел на Артура. Тому пришлось ретироваться.

— Облом? — улыбнулся Илья.

— Папаша явился. Блюдет дочку, скотина.

— Они кто?

— Немцы. Блин, а я уже настроился.

— Наглый ты тип.

— Почему? Она просто из шортов вывалилась, когда я подошел. Если б не этот старый козел...

— Погоди, лет через пять на Динку тоже мужики начнут слюни пускать, что ты тогда запоешь?

— Я буду убивать...

Они рассмеялись.

— Что ты ржешь, — сквозь смех проговорил Артур. — Динке было года четыре, она втюрилась в одного пятилетнего козленка, он не желал ее замечать, она рыдала, так я готов был его прихлопнуть... Стыдно сказать, но я даже пытался его уговорить поиграть с ней...

— А он что? — полюбопытствовал Илья.

— Гордый оказался, заявил, что он свободный человек... Такие вот нынче детки пошли...

Спеленькая встала и вместе с отцом ушла, кокетливо кивнув на прощание Артуру.

— Жопа великовата, — сквозь зубы процедил Артур.

— Нет, с жопой все в порядке, просто виноград зелен, Артурчик.

— Боюсь, что ты прав, — усмехнулся старый друг.

Вечером после ужина они вышли на набережную. Илья еще издали увидел Лялю, которая как-то расхлябанно скакала на батуте.

— Похоже, она здесь, — сказал Илья, — вон ее подопечная скачет.

— А ее не видно?

— Пока нет.

— Может, спросишь у девчонки?

— Не стоит. Она, возможно, куда-то отошла...

И тут он заметил Нину. Она стояла с какой-то девушкой, оживленно беседуя.

— Вот она, — шепнул он Артуру.

— Которая?

— Та, что пониже.

— Пока не вижу ничего особенного, но надо приглядеться.

— Давай сядем тут, пока скамейка свободна, и понаблюдаем со стороны.

— Давай, — согласился Артур.

Нина, по-видимому, их не заметила. Но тут ее собеседница ушла, и Нина не спеша направилась к входу на батут.

— Внимание! — прошептал Илья, почему-то страшно взволновавшись. Если Артур сейчас не увидит в ней ничего особенного...

Она начала прыгать довольно вяло, но постепенно, словно заводясь, прибавляла темп, и вот, уже опять, он видел ту самую женщину, которая пробудила его к жизни одним своим видом. Артур тоже затаил дыхание.

— Да, брателло, впечатляет...

Нина уже буквально летала над батутом, и эта легкость странным образом сочеталась с какой-то неподдельной яростью.

— Обалдеть, Милка так не сможет... Я ничего подобного никогда не видел...

И вдруг он сорвался с места и кинулся к входу. Через минуту он уже скакал на батуте, неумело, но с напором, пытаясь привлечь ее внимание. У Ильи больно сжалось сердце. Нина не осталась равнодушна к столь явному заигрыванию, сбавила темп, что-то сказала Артуру и засмеялась.

Хороший ход, как-то отстраненно подумал Илья, для экрана в самый раз, без лишней болтовни... А может, следует вообще снять ленту без слов, ведь и так все понятно. Он увидел женщину, всколыхнувшую его чувства, и сразу ринулся к ней, без рефлексий, не думая о приличиях, и она откликнулась... О, вот они уже скачут вместе, они уже пара, они... Они уже спарились... Все красиво и естественно, как у животных, и это хорошо, правильно, я так не мог бы... С ума сойти, Артур уже прыгает куда лучше, чем подростки вокруг, вот что значит желание.

— Ты глянь, просто классно скачут, — услышал он за спиной мужской голос, а женский ответил:

— Фу, на это и смотреть-то неприлично, порнография какая-то...

— Нина, Нина! — завопила вдруг на всю набережную Ляля. — Я устала, хочу домой!

Нина вдруг резко остановилась. Артур по инерции продолжал скакать и теперь выглядел достаточно глупо. Нина что-то сказала ему и, сердито взяв Лялю за плечо, ушла. Артур сразу как-то обмяк и неспешно вернулся к Илье.

— Черт, не баба, а... У меня вдруг крышу снесло... Давно такого не помню, в ней и правда что-то есть... Извини, брат.

— Это было зрелище, достойное...

— Кисти Айвазовского? — усмехнулся, с трудом переводя дыхание, Артур.

— Нет, камеры Вовчика.

Вовчик был постоянным оператором Артура и вносил немалую лепту в успех его картин.

— Думаешь, стоит сделать такую сцену?

— Думаю, но...

— Милка никогда так не сможет...

— Ерунда, сможет, дело-то не хитрое, тут главное темперамент, — вопреки собственным недавним мыслям заявил Илья. — Признайся, ты сейчас впервые прыгал?

— Нет, один раз как-то пробовал... Но это не в счет. И почему ты с ней не переспал?

— Откуда я знаю?

— Но, ты не против, если я...

— Она что, тебе что-то пообещала?

— Просто назначила встречу на пляже в полночь.

Илья испытал острую боль в области солнечного сплетения.

— Так ты не против? Если против, скажи, я не пойду.

— Ну, я все-таки не собака на сене, это во-первых, а во-вторых, мне она свиданий в полночь не назначала, так что... Только на пляже, по-моему, не очень-то удобно, почему не в гостинице?

— Вот, брателло, потому-то она и не назначила тебе свидание... Романтика для баб не последнее дело. — Прости, Илюха, но тут, как говорится...

— Да брось, желаю приятно провести время, только не забудь презервативы, а то мало ли...

— Ты злишься, брателло! И ты не прав. У тебя была масса возможностей, а ты не воспользовался...

— Ладно, Артур, это все чепуха, она просто не мой тип. Я по гроб жизни буду ей благодарен за то, что пробудила меня от анабиоза, и все! Все! Как говорится, мавр сделал свое дело — и фиг с ним, с мавром!

— Это точно! — каким-то пьяным смехом засмеялся Артур.

— Знаешь, я сегодня что-то устал, пойду завалюсь спать. Кстати, и тебе советую поспать, кто знает, на сколько затянется свидание.

— Илюха, да не бесись ты! Так бывает, я не виноват...

— Прекрати, если б я хотел, я бы уж своего не упустил. Желаю хорошо провести время!

И он ушел к себе. Но сна не было. Тогда он взял блокнот и стал писать. И опять этот древний способ письма доставлял ему неизъяснимое наслаждение. Он успокоился. Написал три страницы и больше не смог. Помешало вдруг

острое ощущение собственного одиночества.
Вот, даже старый и самый близкий друг поки-
нул его, чтобы трахнуть первую попавшуюся
попрыгунью... Хотя сам он в подобной ситуации, вероятно, поступил бы точно так же. Хотя
кто знает... В голову лезли какие-то не свойст-
венные ему возмущенно-ханжеские мысли:
«Ну, допустим, трахнет ее Артур, хотя что тут
допускать, обязательно трахнет, а дальше-то
что? Она и так одинокая, несчастная бабенка...
Артур скоро улетит, а она останется... Ее жалко... А вдруг она влюбилась в него? Он такой,
в него влюбляются с первого взгляда, в нем
очень силен этот сексуальный заряд... Но он ни
за что не бросит Милку и Динку, то есть ей ничего не светит, кроме траха на холодном песке,
тогда как я одинок и мог бы что-то сделать для
нее. Но мне она этого свидания не назначила, а
почему? Решила, что я ни на что не годен. Но с
чего она это взяла? Мы даже не поцеловались
ни разу... Или почувствовала, что я не очень-то
и хотел... Тогда почему мне сейчас так хреново?
Это зависть, что ли? Элементарная гадкая зависть? Мне просто нужна женщина, по-видимому... Но я не могу без рефлексий, а Артур
может, вот и все, кому на хрен нужны рефлек-
сии! Вот спущусь сейчас в бар, там наверняка

— Я не люблю брюнетов, мне как раз нравятся русоволосые мужчины... И я завтра уезжаю...

Он ушел от нее под утро. Она спала, и он сообразил, что даже не спросил, как ее зовут. Но от зависти и ханжества не осталось и следа. Наоборот, с некоторой даже гордостью вспоминались придыхания безымянной дамы: «Ну, ты зверь!» Надеюсь, у Артура тоже все прошло хорошо... Да, ханжество прежде всего порождается завистью, а вовсе не моральными принципами. Мысль, возможно, и не новая, но какое это имеет значение. Зверски хотелось есть. Звонить Артуру он не стал, может, тот спит еще. Он спустился в ресторан, набрал гору еды и с удовольствием уселся вблизи пробившей потолок пальмы. Все казалось невероятно вкусным. После завтрака он отправился на пляж и улегся на песке, с наслаждением впитывая еще нежаркие солнечные лучи. Вот теперь я здоров, подумал он. Все так просто... Спасибо безымянной дамочке, мы, кажется, оба остались довольны друг другом. В Москве я, наверное, ее и не узнаю. А может, она и не москвичка.

— Хе-хе, — раздалось над ним. Он похолодел и открыл глаза. Да, он не ошибся, это был Вячеслав, он явно только что вылез из воды.

— Здравствуйте, уважаемый! Как отдыха-
ется?

— Отлично! А вы, я вижу, жопу мочите? —
не удержался Илья.

— А как же! А сейчас поеду в горы! Нет ничего лучше гор, понимаете?

— Это спорный вопрос. А впрочем, счаст-
ливого пути!

— Я гляжу, вы все один, без баб, это вредно для здоровья, любезнейший. Я вот насколько старше вас, а почти каждую ночь... Нельзя
форму терять в этом деле. Мне тут подружка
моя старая говорит: «Ты уже старый козел!» —
а я ей отвечаю: «Нет, я молодой олень!» Я, конечно, так шучу, но доля правды, и немалая, в
этом есть! Кстати, хотел вас предостеречь...
Дружок ваш тут вчера с одной захороводился...
Не советую, подозрительная особа.

— Зачем вы мне это говорите? — взбесил-
ся Илья.

— Ну, так я с вами все же знаком...

— И чем же она подозрительна? — смирив
злость, спросил Илья.

— Очень уж разборчива для курортной
сучки...

— То есть вы хотите сказать, что вам она отказала?

— А вам разве нет? — усмехнулся Вячеслав.

— А я не претендовал.

— Да бросьте, что ж я не видел, как вы у батута вертелись.

— А вы что, за мной следили? — полюбопытствовал Илья.

В этот момент в руке у Вячеслава запищал мобильник. Тот глянул на него и усмехнулся.

— Вот очередная вызывает! Сейчас отвечу, минутку, — он быстро набрал сообщение, и в этот момент его кто-то окликнул. Он, раскинув руки, пошел навстречу какому-то невероятно толстому мужчине в длинных шортах, бросив мобильник на свою циновку. Илья не удержался и глянул на дисплей. Сообщение не было стерто. И оно гласило: «Домываю своего красавца и мчусь, привет, девчонки!»

Илья обомлел от пошлости. Но ему было страшно интересно, кому это он посылает такие тексты. Кто эти девчонки?

— О, я так обрадовался, что забыл про своего дружка! — сообщил Вячеслав, вернувшись.

— Дружка?

— Телефончик — мой лучший друг!

Да, человеку тебя не выдержать, подумал Илья.

— Ну что ж, пора ехать! Мои девки уж заждались, небось.

— Хотите сказать, что справляетесь сразу с двумя? — решил подыграть ему Илья.

— Нет, это не то! Это две мои одноклассницы сюда причапали. Обещал отвезти их на Тэйде. Сюда ведь люди приезжают не жопу мочить...

— Знаю, знаю! Всего наилучшего! — Илья вскочил и бросился в воду, смыть с себя непереносимую липкую пошлость этого типа. Так тебе и надо, зачем ты опять вступил с ним в разговор? Ладно, к черту!

На берегу его ждал Артур.

— О, привет! Как жизнь?

— Илюха, я буду ее снимать на батуте.

— Спятил?

— Да почему?

— А Милка?

— Но я же не подряжался снимать Милку во всех своих картинах...

— И ты полагаешь, что она сможет что-то сыграть?

— Она сыграет все... Она — чудо. Она прирожденная актриса... Из тех, что играют всегда, все и везде. Психика невероятно подвижна... Лицо на экране будет смотреться суперски, это будет фурор!

— О, Артур, куда девался твой здоровый цинизм?

— Я потерял голову, брат.

— Но как же ты будешь ее снимать? Насколько я понимаю, она тут работает.

— Подумаешь, работа! Бросит! Я уверен, стоит ей появиться на экране, ее начнут рвать на части... Она успеет еще сделать карьеру... Знаешь, брат... это здорово, от меня все, и даже ты, ждут, что на экране будет Милка, хоть в эпизоде, а будет, а тут... А какое тело... А темперамент... Ничего подобного не встречал...

Вид у Артура был какой-то лихорадочно-отсутствующий. Таким Илья его еще никогда не видел.

— А она знает о твоих обширных планах?

— Конечно!

— Ну ты и псих! Вот уж от тебя не ожидал... Илья плюхнулся животом на песок, Артур сел рядом, обхватив колени, и невидящим взглядом уставился вдаль.

— Понимаешь, я бессознательно ждал такой встречи, ты же знаешь, художнику нужны такие встряски...

Илья поморщился, он терпеть не мог, когда люди говорили о своем «творчестве», называли

себя художниками, считал, что это прерогатива
других. И раньше Артур никогда этим не грешил. Но он промолчал, видел, что его друг и в
самом деле потрясен.

— Артур, тебе хоть удалось поспать?

— Да нет, какое там... Слушай, брателло, я,
честно говоря, никогда не верил в такие истории,
а теперь сам... Как кур в ощип... Я сделаю из
нее звезду...

— А она хочет, чтобы из нее делали
звезду?

— А кто же этого не хочет? Тем более когда
за плечами такая жизнь...

— Она рассказала тебе свою жизнь?

— Да! И это такой неизбывный кошмар...

— Может, расскажешь?

— А тебе зачем?

— А ты что, уже и сценариста решил поменять?

— Спятил, да?

— Так может, я что-то почерпну для себя? —
с каким-то холодным любопытством произнес
Илья, сам себе удивляясь.

— Хорошо, меня ее история так потрясла,
что, наверно, надо поделиться с кем-то... Мы
все были достаточно благополучны, по крайней
мере в детстве, а она...

Артур набрал в кулак мелкий песок и стал пропускать его сквозь пальцы.

— Она из детдома, родителей не знает, ее малюткой подкинули в детдом где-то под Чебоксарами... В пять лет ее удочерила одна семья... Эти люди любили ее, она прожила у них полтора года, и приемная мать умерла, а отец спился и однажды в пьяном виде изнасиловал ребенка... Потом от испуга избил ее до полусмерти и утопился в проруби...

— Господи помилуй!

— Она попала в больницу, а оттуда опять в детский дом, но уже в другой, и там ее дети приняли в штыки, видно, чувствовали, что груз ее несчастий непереносим даже для них... Ей приходилось выживать в постоянной борьбе, и однажды она не выдержала и сбежала... Приблудилась к какой-то деревенской женщине, одинокой, и стала жить у нее, платя за кусок хлеба преданностью и тяжелой работой. И все-таки там ей было хорошо. Одинокая женщина в меру своих возможностей заботилась о ней. В этой деревне был клуб, и девочка ходила туда вместе с приемной матерью, которая мыла там полы. А заведующая клубом однажды увидела, как девочка танцует, позанималась с ней, убедилась, что она очень пластична и музыкальна, и посове-

товала уборщице показать девочку специалис-
там, мол, из нее может получиться балерина. Но
где их искать? И все-таки мама Валя решила по-
везти девочку в город, где ее двоюродная сестра
работала в Доме культуры, а там был хореогра-
фический кружок. Руководительница этого
кружка сразу сказала, что из девочки может получиться звезда балета, и взялась сама отвезти
ее в Пермь, и там девочка впервые попала в те-
атр, на «Лебединое озеро». И настолько далеко все это было от ее жизни, что она пришла в
экстаз и начала танцевать прямо на улице, едва
выйдя из театра...

— И тут ее, конечно, увидел главный балет-
мейстер и сразу, без экзаменов, принял в училище, — весьма иронически произнес Илья,
впрочем, ожидая гневной отповеди от друга. Но
нет.

— Она тебе рассказывала, да?

— Нет, просто такая сцена вполне вписывается в стилистику всей истории.

— Ты мудак, благополучный циничный мудак! — вскипел Артур. — Не буду я тебе ничего рассказывать.

— Да, пожалуй, не стоит. Я тут вряд ли что-
то почерпну, только запачкаю святость образа.
Ты купаться идешь?

— Илюха, что мне делать? Я теперь не смогу без нее жить. Я просто обязан спасти ее...

— От чего, позволь тебя спросить?

— От этой адской жизни... Я сделаю ее звездой, я не я буду... Я женюсь на ней...

— Очнись, Артур! У тебя есть жена, дочь...

— Но я же не брошу Динку... А с Милкой у нас уже давно все утратило остроту... Это уже жизнь без соли и перца... И хотя я только наполовину русский, но это положение «любить-жалеть» мне необычайно близко. Милка уже сложившаяся превосходная актриса, вполне востребованная и без меня, красивая, сексуальная, найдет себе мужа получше меня, а Нина...

— Артур, она что, тоже влюбилась в тебя?

— Да! Это было взаимно... Она сказала, что, когда я ворвался на батут, ее как громом поразило, она подсознательно ждала этого... а когда увидела меня...

— А насчет женитьбы ты тоже ей сказал?

— Да! Я понял — она моя судьба...

— О! А Милке еще не позвонил с этой радостной вестью?

— Нет, такие вещи нельзя говорить по телефону...

— Артур, охолони!

— Ты не понимаешь...

Илья никогда не видел друга в таком состоянии.

— Илюха, послушай, я вот что подумал... Что, если мы с Ниной пока поживем в квартире твоих родителей, а? Свою я должен оставить Милке с Динкой, сам понимаешь, а купить новую у меня сейчас нет денег. Как ты на это смотришь?

— Я не думал...

— Ты ведь все равно не сможешь ее продать, пока не пройдет полгода, и тебе, наверное, нужно, чтобы кто-то присматривал за ней? — в тоне Артура было даже что-то жалкое...

— А ты что, хочешь сразу везти ее с собой?

— Ну да, а чего тянуть?

— А она сможет бросить тут Лялю?

— Какую еще Лялю?

— Девочку, которую она воспитывает.

— Не знаю, она согласилась со мной лететь... Правда, я не уверен, что можно купить билет на мой самолет, это же чартер... Но неважно... Прилетит днем позже регулярным рейсом... Ах, это все уже детали... Ты хоть заметил, какие у нее глаза?

— Да, глаза хороши... И когда вы теперь встречаетесь?

— Она сказала, что позвонит мне, как только сможет вырваться.

— Так, я вижу, что работать ты сегодня не в состоянии, а я должен...

— Нет, Илюха, нам многое придется переделать...

— В связи с чем?

— В связи с ее историей...

— При чем здесь ее история? В нашем фильме она всего лишь символ, таинственная незнакомка, а та история, что я от тебя услышал... Из нее выйдет слабенький и сладенький сериальчик, наверное рейтинговый, но... Ко мне это отношения не имеет. Идея, Артур, моя, и я ее не отдам под разлитие сиропа... — неожиданно жестко произнес Илья.

Артур посмотрел на него затравленным взглядом.

— Ты прав, брателло. Это совсем другая история...

Артур тяжело поднялся.

— Пойду посплю, может, прояснится в голове.

— Если что, я на связи.

— Ладно, пообедаем вместе.

Артур ушел, постаревший и словно бы раздавленный.

Илья с болью смотрел ему вслед. Что же это за любовь, которая навалилась таким тяжким грузом, и к чему она может привести? Ладно, в конце концов, Артур уже большой мальчик, пусть сам разбирается в своих чувствах, а мне эта история ох как не нравится. Но возродившаяся радость жизни была сейчас сильнее всех остальных чувств, и он в который уж раз с благодарностью вспомнил о Люське. Надо купить ей подарок, непременно! Здесь масса ювелирных магазинов, и он слышал, что существует местный камень — оливин. Куплю ей сережки или колечко, пусть радуется. И он решил не откладывать покупку. В третьем по счету ювелирном магазинчике ему показали наконец этот удивительно красивый и совсем недорогой камень, поразивший его разнообразием оттенков — от темной зелени до совсем светлой, напоминающей сосны на склоне горы, где картинно возлежал Вячеслав. А ведь он что-то говорил о Нине, нет, к черту Нину! Люське должны пойти вот эти серьги, тут камни совсем в цвет ее глаз. «Она тебя любит», — сказал Артур. И вдруг ему безумно захотелось, чтобы Люська действительно любила его. Павлик, его кузен, был плохим мужем, он скучный тип... И я не уверен, что он любит ее так, как она заслуживает... И от нее так хорошо

пахнет, она всегда душится одними и теми же духами, свежими, прохладными, а сама она теплая,
нежная... Стоп, Илюха, тебя явно потянуло не в
ту сторону... Зараза тут какая-то, что ли, в воздухе? Люська — жена двоюродного брата, и,
каким бы занудой он ни был, это табу! Но сережки подарить можно... Она обрадуется. И ерунда,
ничего она меня не любит... То есть любит, конечно, любит, но просто как друга, родственни-
ка... А Милке показалось, бабы, они вообще
склонны преувеличивать в таких делах. Но спа-
сением я обязан ей, Люське, и Нине, кстати, тоже. Он вышел из магазина с трогательной кро-
хотной коробочкой, украшенной бумажным бан-
тиком, и на него пахнуло запахом хорошего креп-
кого кофе. В отеле кофе за завтраком был неваж-
ный. Он зашел в кафе и заказал себе двойной эспрессо. И вдруг заметил Лялю. Ага, значит, где-
то неподалеку должна быть и Нина. Он огляделел-
ся, но ее не увидел. Девочка мялась у стойки, где
продавали огромные вафельные рожки с моро-
женым. И, похоже, денег ей не хватало.

— Ляля! — окликнул он ее.

Девочка вздрогнула и рассыпала мелочь. Села на корточки и принялась собирать монетки,
глотая слезы.

Он подбежал к ней.

— Ляля, прости, что напугал тебя. Тебе не хватает на мороженое?

— Да.

— Не страшно, я тебя угощу!

— А мне не разрешают разговаривать с незнакомыми мужчинами.

— А я знакомый мужчина. Ты ж меня помнишь, правда?

— Помню. Вы к Нинке клеились. А за мороженое спасибо. Я хочу шоколадное.

— Садись, не на ходу же есть, — предложил Илья.

— Это вы к Нинке подкатываетесь? — лизнув мороженое, лукаво спросила девочка.

— Да нет, Нина тут ни при чем, просто мне одному скучно тут сидеть.

— А почему ж вы один? Вы интересный.

— Ты находишь? — улыбнулся Илья.

— Да. И еще я слыхала, как Нинка маме говорила: «Он интересный, но без огонька».

— Вот как? — усмехнулся Илья.

— Ага! Нинка всех своих мужиков обсуждает.

— Да бог с ней, с Ниной. Расскажи лучше про себя.

— А вам зачем?

— Интересно.

— Что вам интересно?

— Ты постоянно тут живешь?

— Ага!

— И учишься здесь?

— Да, я в школу хожу.

— А с кем ты живешь?

— С мамой и с Нинкой. А папа приезжает иногда.

— А Нина тебе кто?

— Нинка? Она моя тетка, папина младшая сестра... Мама... У нее слабое здоровье, ей здешний климат помогает, папа купил тут дом, и отправил сперва нас с мамой сюда, а потом Нинку привез, когда ее выпустили.

— Выпустили?

— Ага, она в тюрьме сидела.

— Господи, за что?

— Она одну тетку избила, из ревности. Папа сказал, что не будет ее спасать, пусть ответит за свое хулиганство, но бабушка так его умоляла, он тогда денег следователю дал, ее и освободили. Той тетке тоже пришлось денег дать... И бабушка сказала, что лучше ее из города увезти на время, чтобы все успокоились. А Нинка сперва была рада, а потом ей надоело, она обратно рвется, а папа не разрешает... говорит, не нужна ему такая головная боль. Но она и тут чу-

дит будь здоров. Мама ее жалеет, от папы
скрывает ее делишки...

— А ты почему первому встречному все это
рассказываешь? Это ж твоя родная тетка, она
тебя любит.

— Ага, любит, как же. Как дядьку какого-
нибудь приметит, сразу притворяется гувер-
нанткой, придумала себе сказочку и ловит мужиков на жалость...

Тон у девочки был мало что неприятный,
почти непереносимый, Илья сам себя стыдился,
но он почитал своим долгом все выяснить и предостеречь Артура. И ведь я был прав, когда утром не поверил в эту историю сиротки. Скорее
всего, она просто сумасшедшая...

— Ляля, а тебе разрешают одной гулять?

— Ну не очень, но Нинка сегодня всю ночь
шаталась, теперь отсыпается. А мама к врачу в
Санта-Крус поехала. Так что я гуляю. Спасибо,
мороженое вкусное было. Только если вы Нинку встретите, не говорите ей, что я с вами в кафе ходила. Ладно?

— Ладно, не скажу. Может, ты еще мороженого хочешь?

Ляля задумалась.

— А вам, что ли, денег не жалко на чужого
ребенка?

— Не жалко, — рассмеялся он.

— Тогда можно... А знаете, лучше горячего шоколада со сливками.

— Годится! Ты по-испански, наверное, говоришь?

— Спрашиваете!

— Тогда сама и закажи! А мне еще кофе и нам обоим яблочный пирог, согласна?

— Ага! Спасибо!

— А ты потом обедать-то сможешь?

— Не-а, у меня сегодня разгрузочный день.

— Что? — Илье показалось, что он ослышался.

— Мама с Нинкой за мою фигуру боятся и устраивают мне разгрузочные дни.

— Да, сегодня ты классно разгрузилась, — подмигнул он девочке. Когда она не рассказывала о Нинке, Ляля была вполне приемлемым ребенком.

Они оба с наслаждением уписывали яблочный пирог и болтали о чем-то постороннем. Ляля была даже хорошенькой, когда оживлялась.

— Ляля! — вдруг раздался чей-то голос. Илья поднял глаза. Ляля испуганно оглянулась.

— Что это значит, Ляля?

Красивая женщина лет сорока, в белом платье с галстучком в синий горошек испуганно смотрела на них.

— Мама! Не волнуйся, это знакомый мужчина, Илья, помнишь, Нинка сказала, что он без огонька... — испуганно затараторила девочка.

Женщина как-то затравленно взглянула на Илью. Он чувствовал себя до ужаса неловко.

— Илья? Голицын?

— Мы разве знакомы?

— Илюшка, ты меня не узнаешь? Неужто я так изменилась?

— Линка? Линка Ковалева, ты? — ахнул Илья, узнав вдруг свою одноклассницу, к которой был неравнодушен классе в седьмом или восьмом.

— Илюша, вот привел бог встретиться... Ляля, ты что это тут лопаешь? Это называется разгрузочный день?

— Линуша, это моя вина, я предложил Ляле шоколаду с пирогом, я ж не знал... что у детей тоже бывают разгрузочные дни. К чему? Девочка совсем не толстая, на мой взгляд... — все это он бормотал от смущения и неловкости.

— Подумать только, Илюшка, сколько ж мы не виделись! Ты тут отдыхаешь? Один?

— Нет, я с другом, мы тут еще и работаем...

Ляля под шумок быстренько допила шоколад.

— Мам, можно я пойду, вам, наверное, поговорить охота...

— Да, в самом деле... Ты не спешишь, Илюша?

— Нет-нет, буду очень рад... Но кто бы нам сказал тогда в школе, что мы сможем случайно встретиться на Тенерифе... Да мы тогда слова такого не знали...

— А я тут постоянно живу уже два с половиной года...

Ляля поспешно ушла.

— Ты не голодна? Может, хочешь чего-нибудь? — заботливо спросил Илья.

— Только кофе, капуччино. Илюша, как хорошо, что я тебя встретила, нам необходимо поговорить...

— Да, Линуша, это правда.

— Илья, скажи, Нина с тобой...

— Нина ко мне, слава Богу, не имеет отношения, но вот мой друг, он всерьез...

— Илюша, объясни ему, бога ради, что с Ниной ничего нельзя принимать всерьез. Ни в коем случае. Это бессмысленно... Нине нужно только одно — удрать отсюда любой ценой.

— А почему она не может просто уехать?

Лина взглянула на него с такой грустью, что ему сделалось жутко.

— Потому что ей некуда ехать, — довольно жестко проговорила она. — И мой муж ей не позволяет. Поверь, я сама хотела бы, чтобы она наконец отсюда смоталась, но... Илюша, я не хочу вдаваться в подробности, они очень неприглядны, но попробуй объяснить своему другу, что он просто жертва очередной манипуляции, не более того.

— Кто кем манипулирует, Лина?

— Нина манипулирует мужчинами, а мой муж в свою очередь манипулирует нами всеми... — В ее глазах отразилась невероятная грусть. — Тебе Лялька успела что-то наболтать?

— Совсем чуть-чуть, она просто сказала, что ты здесь из-за слабого здоровья, климат и так далее, а Нина сестра твоего мужа, вот и все.

— Нина и вправду его сестра, но у меня со здоровьем все в порядке, это версия для Ляльки, и пока она в нее, кажется, верит. А на самом деле это, так сказать, почетная ссылка, он завел себе другую... Молодую девку, жениться на которой не хочет. У него, так сказать, есть семья, он никогда ее не бросит. Ляльку он вправду

обожает, раз в месяц прилетает сюда. А Нина...
Я к ней неплохо отношусь, жалею ее, покрываю
перед мужем, выгораживаю, но я устала... Ах,
Илюша, прости, что я все это на тебя вывали-
ваю, но мне просто не с кем бывает поговорить...

— Но почему ж ты не уходишь от мужа?

— Я люблю его, я боюсь остаться совсем
одна... и он тогда отберет у меня Ляльку. Ладно, дело сейчас не во мне. Так что с твоим другом?

— Он провел с Ниной ночь и заявил мне утром, что увезет ее в Москву, что это просто не-
земная любовь, что он разведется с женой и будет снимать Нину в своем новом фильме, по моему сценарию, кстати.

— Ах да, она говорила, что ты сценарист...
Но разве я могла предположить, что это именно
ты? А что у тебя в жизни происходит, Илюшенька? Как твои родители?

— Они умерли, совсем недавно. Но я сейчас
не хочу говорить об этом.

— Хорошо, прости, я же не знала. Илюша,
объясни своему другу, что ей нельзя верить...

— Она что, сумасшедшая?

— Ну, так, наверное, сказать нельзя, но она
всегда была непредсказуема, своевольна, кап-

ризна, ревнива до ужаса. Она трижды была замужем и ни с одним мужем не могла ужиться. Самый долгий ее брак длился три месяца. Она никого не любит, если хочешь знать, она, по сути, урод. Придумывает себе историю, вживается в нее и здорово умеет заставить всех окружающих во все это поверить. В ней, наверное, умерла актриса.

— Так, может, как раз и нужно эту актрису реанимировать? Может, Артур ее судьба? Может, его она действительно полюбила? — испугался вдруг Илья.

— Хочешь знать, что она сказала, вернувшись утром?

— Не уверен, что хочу, — пробормотал Илья.

— И все-таки тебе лучше знать. Она вернулась со словами: «Какой придурок этот режиссеришка! Во все поверил, на все купился, армяшка, в жопе деревяшка! А его дружок хоть и пресный, как сырое тесто, но умнее. Я сразу поняла, что он меня может расколоть с моим сюжетом. Зато армяшка обещал дать мне полторы штуки евриков на дорогу до Москвы. Всякое даяние благо!» Это дословно, Илюша.

— Какая гадость...

— Пожалуйста, убеди своего друга, чтобы не давал ей денег и валил отсюда как можно скорее.

— Но она больна, ее надо лечить...

— Да почему? Она просто холодная, четко знающая свою цель...

— Какую цель?

— Скопить как можно больше денег. Собственно, она решила, что ей хватит пока пятидесяти тысяч евро. Двадцать она уже набрала за полтора года...

— Ложась с любым...

— Не с любым. Только с тем, кто верит в ее россказни. Кстати, многих она так пронимает, что те дают деньги просто так, словно откупаясь от ее несчастий...

— Лина, но как ты-то можешь с этим мириться? С тем, что твоя дочь растет рядом с ней? Это же чудовищно...

— Илюша, я, если бы могла, дала бы ей эти деньги, чтобы она свалила в свой Сидней... Но у меня нет денег.

— Почему в Сидней?

— Откуда я знаю! Это идея фикс. Я уж умоляла мужа отправить ее туда. Но он не хочет об этом слышать. Он выкупил ее однажды из тюрьмы, заплатил немалые бабки, но больше не желает. Он тоже странный, тяжелый человек... Наверное, я сделала громадную ошибку, роковую, родив от него Лялю, мне иной раз кажется, что и она вырастет таким же монстром...

— Лина, что ты говоришь!

— Извини, Илюша, просто мне так здесь одиноко... Вот встретила человека из прошлой беззаботной жизни и расслабилась. Я понимаю, ты сейчас думаешь, что я просто ленивая, корыстная бабенка. В известной мере так оно и есть. Но я столько сил потратила зря на бессмысленную борьбу, что больше не хочу... И не могу... Я живу изо дня в день. Мало ли как может распорядиться судьба... Он крупный воротила, таких в России нередко убивают. Это был бы выход... Или он разорится и тогда никому не будет нужен... кроме меня... и мы начнем все сначала... Мало ли что бывает... — она говорила, задумчиво глядя в одну точку.

Илью подташнивало от всего услышанного.

Лина вдруг словно очнулась.

— Это все мысли вслух... Не обращай внимания. Понимаю, ты чистюля, интеллигент, тебе такие мысли кажутся чудовищными, ну да ладно, не в этом дело, вряд ли мы еще когда-нибудь встретимся, так что... А вот друга твоего надо спасать, слишком хорошо знаю, к чему приводят Нинкины игры. Что за историю она ему рассказала, ты не в курсе?

— Что-то о сиротке, взятой из детдома, которую изнасиловал приемный отец.

— А потом ее отдали в балетное училище?

— Финала я не знаю, но дело шло к тому...

— Знаешь что, подожди...

Она достала из кармана мобильный телефон и быстро набрала какое-то сообщение. Почти сразу мобильник пропищал в ответ. Лина удовлетворенно кивнула.

— Ну вот, через десять минут ты получишь хорошее лекарство для твоего друга. Знаешь, я хочу выпить.

— Что тебе заказать?

— Коньяку. Ты не будешь?

— Пожалуй, стоит выпить.

Когда им принесли коньяк, она покатала в ладонях бокал и сказала:

— Давай выпьем за то, чтобы лекарство подействовало, а мне бы это зачлось на том свете.

Прошло минут пятнадцать. Они говорили о бывших одноклассниках, о школе. Вдруг прибежала запыхавшаяся Ляля.

— Вот, мам! — она протянула матери затрепанную книжку в пестрой обложке.

— Спасибо. А что Нина делает?

— Ушла куда-то. Мам, ты еще долго?

— Беги домой, я приду через полчасика.

— Папа звонил.

— Что сказал?

— Что приедет в следующий четверг.

— Хорошо, беги.

Ляля ушла.

— Лина, кстати, скажи, твой муж давно тут был?

— Зачем тебе?

— Нина говорила, что Лялин отец приехал...

— Ерунда, он был тут в начале сентября и вот скоро опять будет. А Нинка все врет.

— Господи, помилуй! А что это за книжка?

— Романчик о сиротке. Слезовыжималка. Нинка убеждена, что ни один мужик этого не прочтет... Кстати, она и женщинами не брезгует.

— В каком смысле?

— Нет, нет, не в том, что ты подумал... просто, если ей встречается пожилая тетка, по ее прикидкам богатая, она ей тоже вкручивает жалостные истории, только не про сиротку, а допустим, про злодея-мужа, от которого она тут скрывается.

— И многие верят?

— Представь себе. Ребенок с ней рядом внушает доверие.

— И ты позволяешь это?

— А что я могу сделать? Ляля меня не очень-то слушается... И потом тут так скучно, Илья, что мозги отсыхают. А Нинкины истории все же какое-то развлечение...

Я больше не могу, подумал Илья. Лина, словно прочитав его мысли, поднялась.

— Ладно, Илюша, я пойду. Буду счастлива, если твой друг очухается. Я не хочу, чтобы ты плохо обо мне думал. Я в этом кошмаре жертва...

— Я очень благодарен тебе. А если вдруг понадобится подтвердить...

— Я подтвержу, Илюша.

— Еще раз спасибо. А Нина не хватится этой книжки?

— Да нет, она уж наизусть все выучила, скоро, я думаю, появится новая история, эта уже приелась.

Лина вдруг протянула руку и погладила его по щеке.

— Счастливый ты, Илюша, живешь в другом мире...

И она ушла.

Кажется, я действительно живу в другом мире, такие мне еще не попадались...

Он допил коньяк и по набережной пошел в
отель. Взглянул на часы. Три. Пора обедать.
Яблочный пирог не перебил аппетита. И даже
мутная тошнота от встречи с этой более чем
странной и неприятной семьей отступила. Шум
океанских волн, солнце, веселые загорелые лица
и грязная затрепанная книжонка в кармане вну-
шали надежду.

Запищал мобильник.

«Илюшенька, можно я пока поживу в квартире тети Маруси? Я недолго, пока найду себе
что-нибудь. Павлик ушел от меня. А я от него», — писала Люська.

«Живи сколько хочешь!» — мгновенно написал он. И замер. Ему вдруг показалось, что
Люськино послание дышит радостью освобож-
дения, хотя в тексте этого не было. Или ему хотелось так думать? С чего бы это? Вот Люська
не считает меня пресным, как сырое тесто. Ах
гадина, я пресный, Артур — армяшка в жопе
деревяшка... Я-то просек, что она врунья, а
бедный циник Артур попался на ее удочку...
«Спасибо! Можно я там наведу порядок? Ты не
будешь возражать?» — написала Люська. «Квартира в твоем полном распоряжении.
Вещи отца и матери раздай кому сочтешь нуж-
ным. Чего им пропадать, — ответил он. — Ес-

ли я не ошибаюсь, ты в сочувствии не нужда-
ешься?» — «Ты все правильно понял. Ты умный, Илюха. Но все же не очень. Целую». Это
она намекает, что я не заметил ее любви? Отве-
чать не буду. Она небось уже пожалела, что
сгоряча открыла мне больше, чем хотела...
«Илюха, не волнуйся, через две недели я перееду в другое место, мне бы просто переканто-
ваться». Ага, испугалась, что навязывается
мне. Вернее, что я могу так подумать... Как мы
с ней понимаем друг друга...

И тут он увидел Артура, задумчиво бреду-
щего ему навстречу.

— Артур, — окликнул он друга.

— Илюха, брат, куда ты провалился?

— Да вот ходил покупать Люське подарок.

— А...

— Что это ты такой унылый?

— Да так...

— Твоя дама сердца исчезла?

— Нет, она приходила...

— За денежками? Полторы тысячи евро ты
ей отдал?

— А ты почем знаешь?

— Я много чего узнал, Артурчик.

— Ты будешь говорить о ней гадости? Тогда
мы поссоримся, брат.

— Но почему ж ты как в воду опущенный ходишь?

— Из-за Динки... Она мне этого не простит.

— Обедать будешь или аппетит потерял?

— Пошли поедим. Или давай вот прямо тут сядем...

Они уселись под зонтом на берегу.

— Артурчик, да что с тобой?

— Илюха, давай поговорим о чем-нибудь другом. Я не могу сейчас...

— Артур, ты что, уже сообщил Милке? — догадался вдруг Илья.

— Да.

— С ума сошел? Разве так можно? А что Милка?

— Сказала, что даже рада этому.

— Ты поверил? Милка просто очень гордая.

— Или у нее кто-то есть...

— Так радуйся, идиот!

— Понимаешь, не могу. Меня как будто током ударило. Как она могла?

— Кто? — не понял Илья.

— Милка, блядь... Я всегда подозревал, что она блядь...

— Артур, я уверен, что у Милки никого нет, да и когда ей романы крутить? Она столько снимается, играет в антрепризах, дочка, ты, наконец...

— Меня у нее уже нет.

— Артур, у меня мелькнула одна идея... Я тут на пляже нашел книжонку, так, ерунда, конечно, но сюжет классный, можно шикарный сериальчик забацать, переработать, конечно, кое-что добавить, и, кстати, там отличная роль для Нины... Не может же она оставаться девушкой на батуте, после этого фильма ей тоже надо будет что-то играть...

Артур удивленно на него взглянул, и Илье показалось, что в его черных глазах появилась предательская влага.

— Ты настоящий друг, Илюха. Да не друг, брат. Настоящий брат... Давай, я почитаю вечерком. Может, и правда... Я так много нашел на этом пляже, а теперь еще и сюжет...

Он не заподозрил никакого подвоха, подумал Илья. Раньше он швырнул бы мне в рожу такую книжку. Жаль его до смерти. Но я надеюсь, лекарство окажется сильнодействующим.

— Ты сегодня будешь встречаться с Ниной?

— Нет. Она сказала, что приехал отец девочки и она не сможет отлучиться.

— А мать у девочки есть?

— Нет, мать умерла, а отец женился на мо-
лоденькой, которую девочка не выносит, вот он
и сослал их сюда.

— Но как же она в таком случае уедет?

— Она сегодня объявит этому типу, чтобы
искал ей замену. На это потребуется время, конечно, но самое позднее через месяц Нина приедет в Москву. Я сказал, что, если девочка отцу
не нужна, пусть берет ее с собой, воспитаем как-
нибудь. Нина так привязалась к этой девчонке,
чувствует ответственность за нее. Знаешь, чем
больше я ее узнаю, тем сильнее люблю и безмерно уважаю... Ах, Илюха, я так тебе благодарен...

— Господи помилуй, за что?

— За то, что ты ее нашел, это ведь ты ее нашел... Может, эта Ляля еще подружится с Динкой... скажи, а ты никогда не слыхал о Милки-
ных романах, скажи честно, не бойся?

Все не так страшно, подумал Илья, если воз-
можная измена Милки занимает его мысли в такой момент.

— Да не тяни из меня то, чего нет. Сроду
ничего не слышал.

— Да ты и слышал бы, не сказал бы. Я тебя
знаю, интеллигент хренов...

— Артур, а вот скажи-ка ты мне...

— Что, брат?

В этот момент у Ильи зазвонил мобильник. Он взглянул на него и обмер. Звонила Милка.

— Извини, Артурчик, это одна барышня... — соврал он и отошел на приличное расстояние.

— Илья, что там происходит? — холодно спросила она.

— Не бери в голову, ерунда это все.

— Хорошенькая ерунда! Он мне сегодня объявил...

— Знаю. Но говорю тебе, это не стоит внимания. После разговора с тобой он тянет из меня душу, что я знаю о твоих изменах. Ты повела себя мудро, впрочем, я всегда знал, что ты мудрая женщина. Никуда он не денется, уверяю тебя. Просто тебе придется простить ему легкий загул.

— Ну, если легкий загул... А ты уверен?

— Я — да! И не вздумай хоть что-то говорить Динке.

— Даже не собиралась. Ладно, ты меня успокоил.

— Кстати, Мил, ты знаешь, что Люська...

— Знаю, конечно, она, по-моему, счастлива. Илья, она чистое золото, Люська. И вы с ней так подходите друг другу...

— Ты о чем? — испугался вдруг Илья.

— Да она же давно тебя любит, Илюша... А
впрочем, это ваше дело, я не люблю совать свой
нос... А моему передай, что... Нет, ничего не пе-
редавай, пусть мучается.

После обеда Артур сказал, что хочет спать.
Илья уселся на балконе с блокнотом, но вдруг у
него возникло чувство, что та красивая чистая
романтическая история, которую он придумал,
словно вымазана грязью. Он ощутил бессилие и
злость. Перечитал написанное и хотел уже по-
рвать страницы, но решил не торопиться. С ним
бывало, что в плохом настроении даже любимый
Бунин казался ему скучным. Напиться, что ли?
Он пошел в бар и напился. Там его и обнаружил
Артур.

— Послушай, что это все значит? — хрип-
ло спросил он. — Где ты взял эту гадость? —
он брезгливо швырнул Илье давешнюю книжонку.

— А, это? Впечатлило?

— Где ты это взял, только не говори, что нашел на пляже!

— Какая разница, где я это взял? Главное,
что ты все понял. А кстати, мне эту книжку дала одна покойница...

— Ты совсем пьян? Какая еще покойница?

— Лялина мама, Нина — сестра Лялиного отца. Она все тебе наврала, Артур!

— Ну и пусть, это ничего по сути не меняет! Я ее люблю, и она любит меня.

— Да? Интересно, почему ж она называет тебя «армяшка в жопе деревяшка»?

Артур побелел.

— Что?

— Что слышал. Ты дал ей денег? Думаю, больше ты ее не увидишь.

— Что за бред? Что такое полторы штуки в сравнении с тем, что я мог бы ей дать?

— А ей не надо! Она, скорее всего, сумасшедшая, Артурчик! Она хочет вырваться отсюда в Сидней и собирает таким образом деньги... Она сидела в тюрьме за драку... Да хватит меня трясти! Артурчик, она просто ловко развела тебя на деньги, и все! Ты сам и твое кино ей триста лет не нужны...

— Ерунда, так не бывает...

— Бывает, как видишь.

— Но ты-то откуда это все знаешь?

— По странной случайности Лялина мама — моя одноклассница.

Ответом ему был громкий трехэтажный мат.

Через год на фестивале в Венеции фильм Артура Азрояна «Женщина на батуте» получил Серебряного льва. И когда после вручения призов Илья с Люською и Артур с Милой счастливые гуляли по Венеции, Артур шепнул Илье:

— А все-таки мавр сделал свое дело, брат.

— Ну и фиг с ним, с мавром!

Зюзюка,
или
Как важно быть
рыжей

— Ну что, Дашка, когда новоселье?

— Когда разберусь и все устрою.

— Скучная ты, вообще-то новоселье принято праздновать прямо в день переезда...

— Не знаю, у кого-то, может, и принято, а у меня нет.

— А я вот помню, когда отцу на работе квартиру дали, так прямо в день переезда гости нагрянули. На полу сидели, на газетах ели, а весело было...

— Это в незапамятные времена, а теперь все по-другому. Но, думаю, через месяц можно будет всех собрать.

— А кошка?

— Кошку надо бы...

— Хочешь, я тебе перса подарю? У моего троюродного брата кошка на сносях...

— Нет, перса не хочу. И не надо дарить, я сама найду...

— А кто тебе при переезде помогать будет?

— Никто. Я сама...

— А хочешь, я приеду?

— Да нет, не стоит, спасибо, конечно... Пойми, Кристинка, я хочу всем устроить сюрприз. Я же начала новую жизнь...

Полгода назад я вдруг решила кардинально поменять свою жизнь. И начала с продажи огромной родительской квартиры в престижном Доме на Набережной. К сорока годам я сообразила, что вряд ли мне понадобится в будущем четырехкомнатная квартира, к тому же у меня не хватало денег на содержание этих хором. В паркете образовались щели, рамы на окнах рассохлись, сантехника пришла в негодность, а на кухне поселилась мышка, маленькая и хорошенькая. Я бы не возражала против ее присутствия, но как-то ко мне зашла подружка, увидела ее и чуть в обморок не хлопнулась... И еще — меня бросил любовник, это оказалось последней каплей. Я рыдала, билась головой о трухлявую стенку, на меня сыпалась побелка и штукатурка... А бросил он меня после того, как во время... ну, сами понимаете во время чего, под нами сломалась кровать.

— Так недолго и импотентом стать! — вопил он, — что тут смешного? Ты все смеешься, дурища, а я больше не желаю видеть этот дом Эшеров! — он натянул штаны и ушел. Навсегда. Он был красивый, умный, читал Эдгара По и был неотразим в постели... В этом качестве он себя ну очень высоко ценил и боялся травм. Я вдогонку посоветовала ему застрахо-

вать драгоценное орудие на кругленькую сумму, но он не оценил юмора, и я осталась одна.
Поплакав несколько дней, я стряхнула с себя
побелку со штукатуркой и позвонила бывшей
коллеге, которая нынче держала риэлтерскую
контору. Когда она назвала мне предположи-
тельную цену моих хором, я сперва даже не поверила.

— Чудачка, сейчас квартиры в Москве бе-
шеных денег стоят, а уж с видом на Кремль...
Тебе надо тоже подыскать достойное жилье в
приличном районе, ты же в какое-нибудь захо-
лустье не поедешь, правда? И ремонт, наверное,
придется делать нешуточный. Так что если две
трети суммы сбросить, все равно сможешь несколько лет безбедно жить и не работать. А новую жизнь начинать полезно, это я тебе как ри-
элтер говорю!

Я думала это долгая история, но покупатель
нашелся буквально через неделю, а еще через
две я увидела свою будущую квартиру и сдел-
ка состоялась. На всякие формальности ушел
еще месяц, но загвоздка была в том, что моя
новая квартира тоже требовала ремонта, а покупатель хотел, чтобы я как можно скорее ос-
вободила жилплощадь. Но и тут помогла Алка:
нашла мне съемную однокомнатную хату, а ве-

щи я вывезла к ней на дачу с условием, что большую часть мебели оставлю ей. Я с восторгом согласилась, мне не хотелось брать в новую жизнь ничего, кроме старинного секретера красного дерева и туалетного столика. Они принадлежали еще моей бабушке, в которой я души не чаяла.

Я хотела переехать окончательно, когда в квартире все уже будет готово. К тому же я уволилась с работы, новая жизнь во всем должна быть новой, тем более сейчас у меня есть возможность оглядеться в поисках лучшей доли. Новая жизнь так новая жизнь. В плане стояла еще смена машины и собственного имиджа. Короче говоря, новоселье я устрою, когда сочту, что изменилась полностью! Пусть все ахнут! Я так спешно освобождала родительскую квартиру, что многое просто пихала в огромные пластиковые мешки и сумки. Теперь же я действовала так: завозила энное количество сумок и разбирала. Что-то выкидывала сразу, что-то размещала в многочисленных стенных шкафах, что-то складывала в сумки, чтобы отдать тем, кто в этом нуждается. Вот и сегодня я завезла с Алкиной дачи бабушкин сундучок и шесть огромных челночных сумок. Знаете такие пластиковые, в клеточку? И принялась разбирать их под песенки Хулио Иглесиаса. Люблю я его, что поделаешь. Сумки я разобрала быстро, почти все шло просто на выброс, а вот сундучок... Там хранились альбомы с фотографиями, старые и даже старинные, бархатные, плюшевые, с фигурными прорезями для уголков, бабушкины... Это я сохраню, хотя добрую половину фотографий я уже не могла бы «атрибутировать», как говорит мой приятель, великий знаток истории русского дворянства. Сидя на полу, я стала просматривать альбомы, между страницами которых попадались засушенные цветочки, открытки, письма... Рядом со мной лежал маленький автомобильный пылесос — не разводить же пыль в новой квартире. Даже если это пыль веков. А вот и любимая шкатулка моего детства. Она стояла у бабушки на туалете. Туалет я отреставрировала, а шкатулка имеет прямо-таки плачевный вид, на туалет не поставишь... Я открыла ее, и оттуда вылетела моль! И вдруг меня как что-то стукнуло в сердце. Зюзюка! Неужто любимую игрушку моего детства сожрала моль? Вот она! Не сожрана, но побита молью.

— Зюзюка, милая моя!

Я осторожно вынула ее из шкатулки. Ничего, я ее починю. Зюзюка представляла собой странный и очень забавный чехольчик для бабушкиной золотой пудреницы. Пудреница по-прежнему лежала в чехольчике. Круглая, красивая, хоть и потускневшая от времени. Я открыла ее. На меня пахнуло детством, бабушкиными духами, счастьем, уютом большой семьи, от которой осталась только я, а после меня уже никого... Замочек на пудренице сломан, зеркальце потускнело, пуховка свалялась... Как давно я не брала все это в руки и даже не вспоминала... Лет двадцать пять, наверное. А вот Зюзюка была все такой же мягкой и нежной. Ее, по словам бабушки, связала ее прапрабабушка, связала не для пудреницы, а для чего-то другого, но бабушка так любила Зюзюку, что только ей доверила дорогую безделку, подаренную одним из ее многочисленных поклонников. По-видимому, даритель был особенно дорог бабушкиному сердцу. Зюзюка, связанная из чудесной мягчайшей темно-серой шерсти, напоминала ежика. Вместо глаз черные бусинки, носик из черной кожи, а ротик обшит красной шерстяной ниткой. Почему этот чехольчик носил имя Зюзюка, бабушка не помнила. Как-то в детстве у меня разболелся зуб, я стонала, даже плакала, а бабушка дала мне в руки Зюзюку и велела приложить к щеке, через полчаса боль прошла. С тех пор я особенно полюбила Зюзюку. Но потом заболела и умерла бабушка, потом папа ушел от мамы, через два года вернулся с повинной головой, но семейная жизнь уже больше не склеилась, старший брат погиб в горах, а я выросла, у меня началась бурная жизнь, я вышла замуж, развелась, через три года еще раз попытала счастья, и опять неудачно, вернулась к родителям, которые постоянно ссорились, мама не могла простить отцу его уход, хотя сейчас мне сдается, что не прощала она ему его возращения... Одним словом, миром в нашем доме уже и не пахло... Может, именно потому я так легко, без душевных терзаний, рассталась с родительской квартирой, не только из-за денег. А вот Зюзюка... Я внимательно ее осмотрела, даже обнюхала. От нее пахло пылью и нафталином. И на спинке красовалась дыра.

— Ничего, моя дорогая Зюзюка, я тебя выстираю и починю, мне еще бабушка велела хранить тебя как зеницу ока.

Я вскочила и побежала в ванную. Налила в раковину немного воды, добавила капельку шампуня и осторожно опустила Зюзюку в воду... Когда шерсть намокла, любимая игрушка моего детства превратилась в жалкий серый комочек. Я боялась, что старая шерсть просто расползется в воде, но нет. Несколько раз я меняла воду, потом надела Зюзюку на руку, как варежку, и прополоскала холодной водичкой. Слегка отжала и уложила на махровое полотенце.

— Высохнешь, я тебя починю, будешь как новая. А у тебя даже довольный вид. Я тебе еще носик постным маслом протру, — пообещала я подруге детства. — А теперь спи!

Что это, совсем я, что ли, рехнулась, разговариваю с кусочком шерсти... Да, одиночество до добра не доведет. Ну да ничего, я скоро начну совсем новую жизнь и уже не буду одна, я найду себе любимого мужчину, только буду все-таки держать на расстоянии, пусть это даже будет брак, но, как нынче модно, гостевой. Так хорошо, так удобно. Детей-то заводить мне уже поздно. Вышла я из репродуктивного возраста. Кажется, это так называется?

Я довершила все разборки, убрала пыль и мусор и, оставив Зюзюку сохнуть, поехала на свою временную квартиру собирать очередную порцию вещей...

Вечером позвонила Кристина.

— Привет, как дела?

— Идут! Надеюсь, дней через десять перееду.

— Чего так долго?

— Кристинка, это уже сказка про белого бычка. А что у тебя?

— Понимаешь, тут такое дело...

— Что-то случилось?

— Тебе работа нужна?

— Ну, в принципе... А что за работа?

— Прямо противоположная твоей прежней.

— То есть?

— Ага, заинтересовалась!

— Конечно, мне уже не столько лет, чтобы можно было делать большие перерывы.

— Занята будешь с утра до вечера, но не всегда.

— Кристинка, не темни!

— Понимаешь, одна моя знакомая держит контору по организации всяких торжеств, ну, свадеб, юбилеев, поминок.

— Поминки — это тоже торжество?

— Ну, в некоторых случаях еще какое, — рассмеялась Кристина. — Так вот, этой знакомой нужен человек с представлениями о приличиях, манерах, этикете и просто хорошем вкусе.

— Консультант, что ли?

— Фиг тебе, консультант! Организатор! И чем в бо́льшую сумму обойдется заказчику мероприятие, тем больше будет твое вознаграждение. Ты будешь получать определенный процент, причем выглядеть это вымогательство должно так, словно ты всячески стараешься сэкономить каждый цент заказчика.

— Ты думаешь, я справлюсь?

— А почему нет? У тебя очень честный и порядочный вид, предки, фамилия, язык подвешен, чувство юмора... Думаю, это как раз для тебя.

— А эта твоя знакомая... Она что из себя представляет?

— Жутко ушлая и вполне умная тетка. У нее хватило ума понять, что тут не нужны двадцатилетние девахи, которые вместо того, чтобы организовать свадьбу богатого мужика, начнут отбивать его у невесты. А дама около сорока — самое оно. Да еще с манерами и образованием...

— То есть, с ней можно иметь дело?

— Вполне. Ну, книжек она, конечно, мало читала, но для того она тебя и берет...

— То есть ты ей обо мне уже рассказала?

— А ты как думала? Я буду тут тебе все расписывать, не поговорив с ней?

— Знаешь, по-моему, это интересное предложение, но я смогла бы приступить не раньше, чем перееду...

— О, вот это уже меня никаким боком не касается. Я дам тебе ее телефон...

— Нет, лучше дай ей мой телефон.

— Почему это?

— Потому что я позвоню ей, она не сразу вспомнит, кто я такая, возьмет неверный тон, я как-то не так отреагирую... И вообще, лучше, когда тебе делают деловое предложение, чем когда ты просишь работу...

— Дашка, супер! Уверена, она будет в отпаде, это именно то, что ей требуется. Просто идеальный тест на профпригодность! Сейчас же звоню ей!

Мне вдруг безумно захотелось получить эту работу. Это вам не в нотариальной конторе сидеть... И, главное, наверняка не нужно ходить на работу к определенному часу. Это Зюзюка, ее заслуга! — возликовала я, но тут же одернула себя. Погоди радоваться, может, эта тетка не позвонит.

Но тетка позвонила.

— Дарья Константиновна?

— Да.

— Меня зовут Виктория Аркадьевна, вам про меня говорила Кристина, это насчет работы...

— Да, да, я понимаю.

— Знаете, надо бы нам встретиться, поговорить, если вас это в принципе интересует.

— В принципе интересует, просто я на днях переезжаю на другую квартиру...

— Знаете, если мы договоримся, вы сможете приступить к работе через неделю. Управитесь?

— А давайте сначала встретимся...

— Точно! Завтра с утра можете приехать ко мне в офис?

— Во сколько и куда?

— В девять утра на Покровку, Девяткин переулок знаете?

— Найду.

— Отлично. Договорились. Запишите мой телефон на всякий случай. И мобильный тоже.

Тетка явно деловая, и голос не противный, с утра пораньше уже сама сидит в офисе... И дает мне неделю на устройство дел... Надо попробовать!

Первое, что бросилось мне в глаза в офисе, рекламный плакат фирмы со словами: «Все будет мило и радостно!» Я засмеялась. Дело в том, что моя фамилия Милорадова. Висели там и другие плакаты, обещавшие немыслимую роскошь, гламур и массу удовольствий. Я так поняла, что это все в зависимости от кошелька заказчика: кому-то гламурненько, а кому-то мило и радостно.

В офисе находился только охранник, просивший меня подождать минут пять, так как Виктория Аркадьевна попала в пробку.

Офис был очень приличный, современный и даже красивый. Буквально через две минуты появилась женщина лет пятидесяти, в шикарной шубе, с располагающим лицом простой русской бабы.

— Дарья?

— Да.

— Умничка, не опоздала. Прости, но я угодила в пробку. — Ничего, что я на ты? Мне так проще. Огляделась уже?

— Более или менее.

— Снимай куртку и пошли в кабинет. Кофе чаю хочешь?

— Да нет, спасибо.

— Вот и славно, а то секретарша в десять приходит, а я страсть как не люблю возиться. Садись.

Кабинет был маленький, она протиснулась в свое начальственное кресло.

— Ну, в общих чертах Кристина тебе твои задачи обрисовала?

— В общих чертах да. Но этого мало.

— Понимаю. Но чего я зря буду разводить ля-ля тополя, если тебя это может не устроить. Хотя скажу честно, я бы хотела, чтобы ты у нас работала. В тебе явно есть то, что я ищу...

— Как вы могли это понять за две минуты?

— Жизненный опыт. Но ты мне подойдешь, а вот подойдет ли тебе такая работа... Ты с людьми умеешь? Ладишь?

— Смотря с кем...

— Да, иной раз такая шваль попадается... Но работать все равно нужно. Клиенты — наш хлеб. Вот для примера тебе расскажу, чтоб ты в курсе была, что тебя ожидать может. В прошлом году обращается к нам одна девица, мурка-гламурка эдакая, во всех журналах светится, из себя просто супердаму корчит, ну да не в том дело. Книжку она, видите ли, написала, ну сейчас кто только книжек не пишет, жук и жаба. И желает она презентацию устроить. Желание клиента — закон. Ну, мы с издательством связались, оно там многое оплачивало... Ресторан клевый сняли, приглашения напечатали, вечеруха крутая предстояла. Вдруг приходит ко мне девочка из издательства что-то там утрясать, я смотрю, ее буквально колотит... Оказалось, наша светская львица потребовала, чтобы от издательства ей подарок преподнесли.

— Потребовала подарок? — удивилась я.

— Ага! Ну, подарки в таких случаях приняты, у них даже статья расхода такая есть — на подарки авторам. Но фишка не в том. Знаешь, что она в подарок потребовала?

— «Мерседес»?

— Ну, «мерседес» ей фиг кто подарит, разве что хахаль. Нет, она захотела... фаллоимитатор!

— Что? — поперхнулась я, не поверив своим ушам.

— Что слышала! — хмыкнула она. — Каково?

— И что? Подарили?

— Ага!

— Они что, больные?

— Похоже на то. Но это еще не все! Она потом, после презентации, позвонила и сказала, что не пользовалась им, он ей больше не нужен и они могут его забрать.

— Так им и надо! — сказала я в сердцах. — Это же все чудовищное хамство, чудовищное... И я просто уверена, что книжка бездарная... Ужас!

— Ты вот тоже не понимаешь! У них это называется — прикол! Прикольно в ихней гламурщине, что выходит представитель издательства и дарит искусственный хер! Ничего особенного, просто прикол. А мы, видать, устарели, чтобы понимать такие приколы.

— Да уж... И часто у вас подобные клиенты бывают?

— Случается... Правда, у нашей конторы к ней претензий не было, просто очень уж она противная.

— А хоть красивая?

— Да ну, так себе. Вся сделанная.

— Черт с ней, Виктория Аркадьевна. Хотелось бы понять, что я должна делать?

Она долго объясняла мне суть моих обязанностей и для начала поручила организовать банкет на пятьдесят персон в честь серебряной свадьбы родителей одной чемпионки по теннису. Там требовалось, чтобы все было тонно, изысканно, без показной роскоши, но все-таки роскошно. Звезда тенниса хотела сделать сюрприз родителям. Отец у нее первая скрипка в знаменитом оркестре, а мать в прошлом балерина.

— Люди приличные, с представлениями, фаллоимитаторы не запросят, дочка отстегивает на банкет кругленькую сумму, торжество состоится через полтора месяца, так что, надеюсь, ты справишься. Тут можешь теннисистку хорошо раскрутить, девка с миллионами. Разговаривать будешь с ее представителем, он же ее двоюродный брат, знает все привычки и предпочтения родителей...

— А вдруг я не справлюсь?

— Почему это?

— Ну мало ли...

— Ерунда, подумаешь, банкет для приличных людей за большие деньги... Тут любая коза справится! Представь себе, что ты это организуешь для себя. И потом я никогда не откажу тебе в советах. Приходи, спрашивай. Ты в ресторанах ориентируешься?

— Нет, не очень.

— Ладно, я с тобой займусь.

И она начала читать мне лекцию о московских ресторанах и рестораторах, о том, как организуют подобные мероприятия, что входит в мои обязанности. В результате мне показалось, что, пожалуй, я смогу с этим справиться.

— Значит, так, даю тебе неделю на предварительный проект, покажешь мне и потом свяжешься с двоюродным братом. Если он все одобрит, займешься этим вплотную. А не выйдет у тебя, значит, успею поручить кому-то другому или, на худой конец, займусь сама. Справишься, возьму тебя в штат. И еще запомни — учитывать надо все! Например, в ресторане не должно быть душно, когда пятьдесят человек за стол сядут и все наверняка принесут цветы... Сортиры должны быть не на одно очко, а то есть симпатичные заведения, где пятьдесят задниц разместить можно, а сортир один. И что тогда?

— Господи, мне бы и в голову не пришло...

— Но теперь ты это знаешь. Вперед и с песней! Значит, через неделю жду тебя с предложениями. Да, а как твоя фамилия?

— Милорадова.

— Обалдеть! Ты небось видала у нас плакат? Мило и радостно? Вот сейчас у нас как раз тот случай, когда все должно быть мило и радостно, усекла?

— Кажется, да.

Я вышла из офиса в приподнятом настроении, но уже через полчаса оно сменилось глубокой растерянностью. Да, я имею кое-какие представления о хороших манерах, и я, что называется, из бывших, предки по отцу были дворянами, но после революции кто-то эмигрировал, кто-то тщательно скрывал родство с эмигрантами, кого-то посадили, кто-то погиб на войне и в блокаду, короче говоря, то, что застала я, уже называлось советской интеллигенцией... А я и вовсе уже никто, так, дамочка с воспитанием, обнищавшая в перестройку, менявшая одну работу за другой в поисках пропитания, а поскольку я была еще довольно молода, то искала себе партнера, руководствуясь представлениями юности, вернее, бабушки, вот и осталась одна. В последнее время я работала в частной нотариальной конторе помощником нотариуса и дохла с тоски. Поэтому представления о сегодняшней жизни людей, которые в состоянии позволить себе заказывать банкеты в шикарных заведениях, у меня нет. Я знаю, как накрыть стол, но вдруг сегодня эти правила поменялись? Если светская львица просит не у подружки, а у почтенного учреждения фаллоимитатор, и учреждение на это идет... значит, я ничего не понимаю в этой жизни, а следовательно, вряд ли могу потрафить сегодняшним вкусам. К тому же в ресторанах я бываю крайне редко. Тот любовник, который читал Эдгара По, случалось, приглашал меня в рестораны, но в скромные, недорогие, что называется «на одно очко». О заграничной кухне могу судить разве что по передаче «Едим дома», сама же я готовлю хоть и вкусно, но по старинке и не имею понятия, что такое «масло первого отжима». Короче, я совсем пала духом. Но потом вспомнила, что, собственно говоря, сейчас я вполне могу себе что-то позволить... Но, с другой стороны, тратить деньги на всякие пустяки страшновато. Да, я легко и радостно обставляла и благоустраивала квартиру, но ведь это покупается надолго, может, и до конца жизни... Наверное, надо поскорее переехать и начать эту новую жизнь. Попробую все-таки справиться с заданием, я вообще-то человек обучаемый, надо, вероятно, почитать какие-нибудь гламурные журналы, может, что-то почерпну... И в Интернете порыться следует. У меня, правда, еще нет компьютера, ну ничего, схожу несколько раз в Интернет-кафе... А вообще-то, надо купить компьютер, пока есть такая возможность... Короче, еще не поздно попытаться догнать время...

Я поехала на съемную квартиру, собрала еще несколько сумок и на пути к новому жилищу вдруг вспомнила про Зюзюку. Недалеко от моего нового дома находится магазин «Рукоделие». Я заехала туда и обалдела. Чего там только нет! Но вот шерсти, похожей на Зюзюкину, не было. Я перерыла весь магазин, и в результате девушка-продавщица, которой, видимо, было смертельно скучно, решила мне помочь и отыскала-таки моток серой пушистой шерсти, правда, значительно светлее, чем я хотела.

— Ничего, освежите вашу подружку детства, — очаровательно улыбнулась девушка. — Знаете, у меня бабушка классно вяжет, она говорит, что шерсть этой фирмы самая лучшая. Она, конечно, здорово дорогая, но поскольку остался всего один моток, я вам сделаю хорошую скидку. Берите, не пожалеете.

От общения с милой девушкой и от прикосновения к дорогой шерсти я опять воспряла духом. И первое, что сделала, войдя в необжитую квартиру, я побежала в ванную. Зюзюка по-прежнему лежала на стиральной машине и, бедненькая, совсем скукожилась. Я опять надела ее на руку. После стирки один глаз повис на ниточке, носик еще больше сморщился, а красная нитка совсем полиняла. Да, жалкий вид имела моя подружка. Ну да ничего! Я неплохо вяжу и вышиваю. И оставив сумки неразобранными, уселась в новое кресло и занялась рукоделием. Много времени это не потребовало, я аккуратненько заштопала дырки, и получилось мило — на темно-сером фоне светло-серые горошки. А чтобы они не выглядели заплатками, вышила еще несколько горошков. Потом быстренько распустила красную варежку, черт с ней, мне красные варежки уже не по возрасту, — и сделала ротик. Укрепила бусинку и намазала жирным кремом нос. Моя подружка стала как новая. Я полюбовалась делом рук своих и поцеловала Зюзюку. А пудреницу решила отдать в починку одному приятелю, ювелиру по профессии, работающему консультантом в фирме по продаже заграничной дорогой бижутерии. Почему-то мне казалось безумно важным привести в порядок бабушкино наследство. И вдруг я словно услышала бабушкин голос:

«Данюша, ты береги пудреницу и особенно Зюзюку. Вырастешь, обязательно носи ее в сумочке, это твой талисман». Я почистила пудреницу и засунула в Зюзюку. Потом положила ее в сумочку. Может, этот забытый талисман принесет мне счастье? Да не счастье, какое счастье в моем возрасте, а просто удачу... Потом я быстро разобрала сумки и поняла, что, собственно, через три дня смогу окончательно переехать.

Вечером я, едва живая от усталости, включила телевизор и сразу наткнулась на какую-то «гламурщину», как выражается Виктория. И одним из персонажей была та самая особа с фаллоимитатором. Она рассказывала, как следует одеваться на вечеринку в непринужденной обстановке. Она была красивая, но при этом какая-то совершенно безликая. Я бы в жизни не обратила на нее внимания, если бы не рассказанная Викторией хохма. А впрочем, хохма даже не смешная, а гадкая. На другом канале выступал Жванецкий, вот тут были хохмы! Утешало лишь то, что Жванецкий был на Федеральном канале, а мурка-гламурка на дециметровом.

Когда я наконец легла спать и уже закрыла глаза, мне вдруг стало нестерпимо стыдно, что я оставила Зюзюку одну в новой необжитой квартире, дело в том, что сумочка у меня была маленькая и объемистая пудреница в вязаном чехле занимала там слишком много места. И я тут же решила с утра поехать и купить ту черную сумку, на которую на днях облизывалась в универмаге «Москва». Сумка была очень дорогая, и я не решилась потратить столько денег, хоть они у меня и были. В той сумке было много отделений, и одно словно специально предназначалось для такого вот талисмана. Приняв благое решение, я сразу уснула.

А с утра помчалась на Ленинский. К счастью, сумка там была, и я с восторгом и уже без всякого страха ее купила. Кстати, бабушка когда-то учила меня — пока ты молодая и тебе чего-то очень сильно хочется, и ты можешь это купить, не влезая в долги, покупай! Что я и сделала! Настроение сразу поднялось, и я решила что... В этот момент зазвонил телефон. Виктория!

— Алло, Дарья?

— Я!

— Даш, тут вот какое дело... Клиент твой того...

— Умер? — ахнула я.

— Да нет, живехонек, только он жену бросил... Так что сама понимаешь, серебряная свадьба накрылась медным тазом.

— Ни фига себе! Седина в бороду... Так может, надо организовать ему просто свадьбу, а?

— Мне нравится твой подход, но пока еще рановато.

— Есть другие заказы? — деловито осведомилась я.

— В данный момент нету. Но если приведешь клиента, ради бога. Ты там пошукай по знакомым, никто ничего такого не планирует?

— Да вроде нет, вот разве что кто-то помрет мило и радостно... Виктория Аркадьевна, я так понимаю, что пока могу быть свободна...

— Пока да. А если что, я тебя найду...

— Понятно. Всего наилучшего.

Очень, очень странно. То она принимает меня с распростертыми объятиями, то даже не очень деликатно дает понять, что я ей не нужна. Или она сумасшедшая? Интересно, теннисисткин папа и впрямь схильнул от супруги или... Надо посмотреть в Интернете. Но если честно, я даже обрадовалась. Зачем мне в чужом пиру похмелье, и кто может гарантировать, что я не налечу на гламурную компашку с ее приколами? Не хотелось бы! Ладно, найду я себе работу по душе, это ерунда, что сорокалетние никому не нужны! Чушь собачья! В своей новой жизни я буду нужна всем! Не знаю пока, в каком качестве и на какую зарплату, но... Одно я точно знаю — в нотариальную контору не вернусь!

Итак, сегодня мне не надо заниматься поисками ресторана «на много очков».

Первым делом я помчалась на новую квартиру за Зюзюкой, а по дороге накупила кучу бытовой химии, туалетную бумагу в цветочек, бумажные полотенца, салфетки. В результате образовалось два неподъемных громоздких пакета, которые я едва доволокла до лифта. Когда на моем этаже лифт открылся, я остолбенела: там стоял мужчина... Красивый, роскошный, с такой улыбкой, что хотелось умереть от счастья.

— Вы собираетесь выходить? — засмеялся он.

— Ой, простите, я не ожидала. Я сейчас...

— Вам помочь? О, вы нагрузились! Вы что, моя новая соседка?

— Да, по-видимому...

— Отлично, я рад!

Он поставил пакеты у моей двери.

— Извините, я спешу! До свиданья! С новосельем!

Обалдеть! Его лицо показалось мне знакомым... Актер он, что ли? Но каков... Глаза черные, волосы черные, улыбка смертельная... И он сказал «моя новая соседка». Моя, не наша! Наверное, он живет один... Идиотка, опомнись, что ты застыла у запертой двери, ему от силы лет тридцать пять, а тебе уже сорок. Ну и что?

Я ж не замуж хочу, я любви хочу... Да зачем такому роскошному сорокалетняя безработная... А тебе он зачем? Не по чину берешь, подруга... У него небось вереницы баб, одна краше другой... Помечтала, и будет. Просто приятно, когда такой сосед... А что в этом приятного? Не походишь дома распустехой. Мало ли, вдруг он придет за перцем? На фиг тебе такой перец? Тебе больше сгодится немолодой, утомленный жизнью, недокормленный... А этот наверняка сам себе жарит огромные куски мяса с перцем... Перец с перцем.

— Зюзюка, я пришла!

Я прижала к щеке мягкую шерсть и сразу как-то успокоилась. В самом деле, чего я взбутетенилась, как говорил папа, при виде красивого мужика? А что, имею право хоть изредка взбутетениться, правда?

Первым делом я положила в новую сумку Зюзюку с пудреницей. Они так уютно легли в просторном шелковом кармашке.

Прошло два дня, и я окончательно переехала в новую квартиру. Мне так все здесь нравилось, что я даже спать нормально не могла, вскакивала и начинала обход своих владений.

На утро было назначено следующее мероприятие по обновлению жизни — поход в салон красоты. Его мне рекомендовала одна знакомая, волшебно преобразившаяся без пластических операций. Ей сделали такую стрижку, что я едва ее узнала. Это было уже довольно давно, но впечатление не потускнело.

— Вы хотите новый облик? — спросил меня милый и явно голубой хозяин салона.

— Да, и пусть это будет что-то смелое, может, ассиметричное, словом эдакое...

— Вы мне доверяете?

— О да!

— Отлично, доверие уже залог успеха, а макияж будем менять?

— Все будем! Не годится только лысая башка и розовый цвет!

— Хорошо, работаем! Расслабьтесь.

Я расслабилась. И даже в какой-то момент задремала, пока он возился с моей головой. Часа через два мне показали меня. Но это была не я!

— Нравится?

Я даже не могла ответить, настолько неожиданным был результат. Я, конечно, понимала, что увижу себя преображенной, но... Из зеркала на меня смотрела ярко-рыжая зеленоглазая... стерва лет тридцати от силы, незнакомая и прекрасная.

— Это я?

— Ну не я же! — рассмеялся мастер. — Вы дали мне карт-бланш, и я рискнул, мне показалось, это ваше...

— Круто...

— У вас в роду не было рыжих?

— Были! Моя бабушка была рыжей, я, правда, помню ее уже седой...

— Вот видите, я угадал, у вас генетическая предрасположенность к рыжему цвету, смотрите, глаза как заиграли, и белая кожа теперь оправданна, не кажется, что вы бледная, просто белокожая.

Я все еще потрясенно таращилась в зеркало. Я и вправду стала похожа на бабушкины фотографии в молодости.

— А ваша бабушка прожила хорошую жизнь?

— Ну, по-разному бывало, но... скорее да, хорошую, в ее жизни было много любви...

— Вот увидите, у вас теперь тоже будет много любви.

— Дима, знаете, я сперва ошалела, а теперь я в восторге.

— Может, по чашечке кофе с коньяком?

— Можно, но без коньяка, я за рулем.

— Мои клиентки, как правило, за рулем, а я вот не люблю водить машину, меня это слишком напрягает.

— Дима, учтите, я теперь ваша постоянная клиентка!

Пока мы пили кофе, я то и дело косилась в зеркало, и в душе постепенно нарастал восторг. Это и впрямь начинается новая жизнь! И не стану я устраивать никакого новоселья. Слишком хорошо знаю, какую жгучую зависть может вызвать подобное преображение. Я всегда физически ощущаю зависть и боюсь ее. Конечно, я позову Кристинку, и пока больше никого... Новая жизнь так новая жизнь. Единственный человек, которому я просто жаждала бы продемонстрировать все обновления, это тот мой хахаль, который читал Эдгара По. Хочется утереть ему нос. Но сначала надо найти ему замену, и уж тогда... А что, в новом обличье это будет несложно. Но одно я знаю точно — первым делом надо купить новую помаду. Моя прежняя к рыжей голове не подходит. Сказано — сделано. Дима порекомендовал мне определенную фирму и два номера, дневной и вечерний. Купив ее, я прямо в машине полезла за зеркальцем, чтобы попробовать дневную, и сразу наткнулась на Зюзюку.

— Зюзюшенька, милая моя, это ведь благодаря тебе! — Я прижала ее к щеке, потом поцеловала в кожаный носик.

По пути домой я, видимо, так замечталась о новой жизни, что не заметила, как меня подрезал какой-то «мерс». Я резко вывернулась, и тут же сзади меня ударила другая машина. Не знаю, как я успела затормозить, меня несло в сторону, я кого-то стукнула и от ужаса замерла.

— Эй, ты что, о..ела? — раздался чей-то нестерпимо грубый голос. — Баба за рулем! Эй, ты жива? Открой дверь, сука!

Если я слышу эту ругань, значит, жива. Но открывать дверь я не собиралась. Меня и так трясло от страха.

— Чего орешь, козел? Сам виноват, я видел, как ты ее подрезал. Дамочка, не бойтесь! Вам нужна «скорая»?

Этот второй голос был совсем другой, мягкий, приятный...

Я открыла окно. Судьба, что ли, стучалась в него? Это был такой здоровенный, такой красивый мужик лет сорока в кожаной куртке с пушистым меховым воротником...

— Вы целы?

— Кажется, да...

— Откройте, я вас осмотрю.

— Вы врач?

— Нет, но кое-что понимаю в этом деле...

— Слесарь-гинеколог? — проговорил тот первый хамский голос. — Открой, открой, я предлагаю по-простому: ты даешь мне штуку баксов, и разойдемся мирно, без этих гаишных жлобов. Время поджимает.

— Значит, так — ты даешь даме пятьсот баксов, и мы мирно разъезжаемся.

— Ага, сам ей в задницу вмазал, а виноват во всем я? А ты ей сколько дашь? Или натурой расплачиваться будешь? Бабье таких кобелей любит, а эта еще вполне, так что и кайф словишь, и бабки сэкономишь!

Что произошло дальше, я не заметила, хам упал, но тут же вскочил и ринулся было на моего принца, но тут откуда ни возьмись появился гаишник. Обычно, когда их вызываешь, они могут приехать через пять часов. Однажды я так простояла чуть не всю ночь на окружной, а тут... Еще одно чудо? Я вылезла из машины. Красавец на джипе здорово изуродовал мне зад, сам же остался почти невредим, как, впрочем и «мерседес». Больше всех пострадал мой «жигуленок». Теперь, похоже, настал черед и машину менять... Ну да ладно, главное — сама цела, а железо будет...

Кончилось все тем, что галантный незнакомец посадил меня в свой невредимый джип, предложил отвезти в больницу. Я отказалась, тогда он ощупал мою голову, как настоящий врач, заглянул в глаза и сказал:

— Слава богу, все обошлось, хотя я бы всетаки советовал показаться врачу.

— А вы разве не врач?

— Нет. Просто я воевал, есть опыт.

Он был немногословен и прекрасен.

— А вы рыцарь...

— Не преувеличивайте, просто хамов ненавижу. Ну и помочь женщине в такой ситуации вполне естественно.

— Да? А вот скажите, как бы вы поступили, если бы в доме вашей... дамы под вами в самый интересный момент сломалась кровать? — сама не знаю зачем вдруг спросила я.

Он посмотрел на меня с веселым изумлением.

— А он что сделал?

— Я первая спросила.

— Ну, наверное, разозлился бы, но потом починил бы кровать, если бы она поддавалась восстановлению, а нет, купил бы новую... ну и наверстал упущенное, только и всего.

— Понятно. Вас надо занести в Красную книгу.

— Ну уж прямо... Но вы прелесть, Даша.

— Откуда вы знаете, что я Даша?

— Здрасте, приехали. Мы же только что оформляли документы. А как меня зовут?

— Простите, я была так ошарашена всем...

— Меня зовут Герман.

— Жаль, что я не Лиза...

— У меня первая жена была Лиза. Воспоминание не из приятных.

Вряд ли он читал «Пиковую даму», не говоря уж об Эдгаре По.

— А сколько у вас было жен?

— Полторы.

— Это как?

— Одна законная, вторая гражданская, но брак не для меня, я быстро понял.

— Вот и я тоже это поняла. У меня было два мужа. Больше не хочу, — твердо заявила я.

— Даша, я что-то проголодался. Может, заедем куда-нибудь пообедаем?

— Правда? С удовольствием. Я тоже голодная, все эти стрессы... Только я сама за себя плачу!

— Фу ты ну ты! Феминистка, что ли?

— Нет, но...

— Неужто есть мужики, которые соглашаются на такое?

— Да сколько угодно.

— Ко мне это не относится, но если вы такая независимая, то предлагаю следующую сделку. Я плачу за обед, а вы кормите меня на днях домашним ужином, годится?

Он набивается в гости! Я аж задохнулась от восторга. Пусть он не читает классику, но кровать починил бы... Это дорогого стоит. И вообще, на фиг мне его культурный багаж?

...В ресторанчике, куда он меня привез, было очень уютно и даже горел настоящий камин. Он отлучился в туалет, а я вытащила из сумки Зюзюку и достала пудреницу, подкрасила губы, поправила волосы. За всеми этими событиями я совсем забыла, что я теперь рыжая стерва. Герман купился именно на противоречие — с виду рыжая стерва, а по сути баба, которую любовник бросил, когда от его же усилий сломалась кровать... Черт, а я ведь раньше никогда не думала, что это он, собственно, ее сломал! Это уже была идея рыжей стервы! Ура! Я сменила не только цвет волос, но, кажется, и строй мыслей... Неужто это реальность? Нет, волосы тут ни при чем, это Зюзюка. Милая моя старая Зюзюка, спасибо тебе за все.

Вернулся Герман. Ах, как он был хорош! Красавцем не назовешь, но рост, фигура, руки, губы, которые так и хочется поцеловать...

— Выбрали что-нибудь?

— Нет пока... Я тут звонила...

— Даша, а вы кто по профессии?

— Ой, у меня много профессий, но сейчас я безработная... — А вы?

— Ну, когда-то я учился в медицинском, потом бросил, армия, война, потом кем я только не был, испытывал машины, поломался, теперь у меня свое охранное агентство...

— Ух ты! Романтично...

И как-то опасно, сказала я уже про себя. Что-то от благородного бандита из сериала. Совсем недавно показывали. Но у него обольстительная улыбка. В конце концов, если он не скрывает этих фактов, значит, скорее всего, не бандит. Мог бы навести тень на плетень... Ой, когда же он придет ко мне на ужин?

— И кого вы охраняете, Герман?

— Кого придется. То чью-нибудь дочку или сына, то фирму, по-разному бывает.

— И большое у вас агентство?

— Когда начинал, нас было пятеро, а теперь у меня штат сорок человек.

— Ого!

— А какая же все-таки у вас основная профессия?

— Ну, вообще-то я филолог, после университета время трудное было, кидалась в разные стороны, бизнес, то-сё, последнее время работала помощником нотариуса. Но единственное, что я действительно знаю, это языки... Английский, французский, итальянский. Меня почти уже взяли в одну фирму организовывать свадьбы, юбилеи и прочие торжества... Но потом почему-то отказали. А я уже настроилась. Ничего, найду что-нибудь...

— На что же вы живете?

— Да пока есть кое-что... А там будет видно, не пропаду.

— Да уж конечно, с такими глазами, — с какой-то тоской произнес он. — А папа-мама у тебя есть? Ой, ничего, что я на ты?

— Ничего. Так проще. Нет, папа умер давно, мама не так давно, брат погиб в горах.

— И я тоже один. Детей нет. А у тебя?

— Ну, я-то точно могу сказать, что нет, а вот ты... кто знает, в любой момент может возникнуть дитя... Папа, я так долго тебя искал!

Он засмеялся.

— Черт, с чувством юмора у тебя все в порядке. Терпеть не могу баб без чувства юмора.

— А я мужиков!

— Тот, который кровать сломал, был без чувства юмора, я просто уверен!

— Да как сказать... Но в отношении себя — точно. Себя он любил так трепетно и нежно, что места для самоиронии уже не оставалось. А в остальном ничего...

— Не хочу о нем говорить.

— Ты первый начал.

Мы засмеялись, и уже через полчаса мне казалось, что мы с ним старые друзья, хотя в какие-то минуты сердчишко мое уходило в пятки, в этом Германе все же было что-то опасное, или это сериалы виноваты?

Он подвез меня до дома.

— Даш, за тобой ужин, не забыла?

— Нет, я девушка честная, ты завтра свободен?

— Завтра? Нет, давай лучше послезавтра. Годится?

— Вполне.

— Часикам к восьми я подгребу.

Ну и денек сегодня! Обалдеть! Плохо только, что я осталась без машины, а впрочем, я все равно собиралась ее менять, правда, не решила еще, что куплю взамен, но одно мне ясно — поддерживать отечественного производителя я больше не собираюсь! Конечно, джип и «мерседес» это не мой случай, но на «фольксваген» — я сколочусь! Да здравствуют заоблачные цены на квартиры в центре! Я села на новый диван и тут же вскочила и помчалась к зеркалу. Как дела, рыжая стерва? Да, видимо, мой натуральный цвет волос — это ошибка природы. Будь я с детства рыжей, вся моя жизнь сложилась бы по-другому. Мне вдруг захотелось срочно кому-то показаться, кому-то из старых знакомых. Кристинка! Я позвонила ей, но оказалось, что она сейчас в Киеве у родителей и вернется только через неделю. Разумеется, я ничего ей не стала рассказывать.

— Ой, Дашка, я так жажду взглянуть на твою новую берлогу, просто жуть! Но папе сделали операцию, ерундовую, а ему кажется, что это что-то глобальное, так что придется еще тут поторчать. И вообще, я соскучилась... Да, как там Виктория?

Я в двух словах рассказала подруге о несостоявшейся карьере.

— Ясно, наверняка на твое место нацелился кто-то из ее родни, для нее это святое, хотя родственнички уже не один раз ее здорово кидали. Ну и черт с ней, значит, это не твое! Проживешь пока, надеюсь, ты еще не все бабки растратила?

— Нет, что ты... Ладно, Кристя, хватит трепаться. Приезжай скорее!

И я стала продумывать, чем накормить Германа. Поесть он любит, ест много, но не противно. И лучше всего приготовить именно обед, с супом. Придет мужик после трудового дня... И тут я сообразила, что в новой квартире у меня практически ничего нет. Ни специй, ни постного масла, пусто, хоть шаром покати. Время было еще не очень позднее, а за углом недавно открыли огромный супермаркет, и поскольку я осталась без машины, то закупки надо начинать немедленно. У лифта я столкнулась со своим соседом. Он взглянул на меня с некоторым недоумением.

— Здравствуйте! — первой поздоровалась я.

— Это вы — моя новая соседка? Странно, я всегда обращаю внимание на рыжих женщин...

— А, просто я временно была не рыжей, — соврала я сходу. Наличие Германа вовсе не отменяло интереса к такому соседу.

— Далеко ли собрались в такой час с сумками?

— Да в супермаркет. Дом пустой, как...

— Могу подвезти, я тоже за продуктами, как-то все подъелось, народ вечно толчется...

Мы спустились к его синему «шевроле».

— Как удачно, что мы встретились, по крайней мере, я смогу купить побольше.

— Рад быть полезным такой красивой женщине.

Ого!

— А мы, между прочим, не знакомы. Соседям надо знать друг друга хотя бы по имени. Я Егор.

— А я Даша. Очень приятно.

В супермаркете мы разошлись по разным отделам, договорившись встретиться через полчаса у его машины, и на всякий случай обменялись номерами мобильников. Раз я сейчас при моторе, надо купить что потяжелее. Соль, сахар, бутылки, соки. У полки с бакалеей я наткнулась на Егора, который загружал тележку макаронами.

— Почему именно «Макфа»? — полюбопытствовала я.

Он как-то озадаченно взглянул на меня.

— А черт его знает. Просто попался на рекламную удочку, эту самую «Макфу» рекламируют везде, я и клюнул. Но она и вправду вкусная. А вы пробовали?

— Нет, я как раз не люблю то, что навязывают.

— Вы умная. А я вот как идиот покупаюсь на все, — очаровательно улыбнулся он. — Но макароны моя страсть. Я работал одно время в Италии и пристрастился... Кстати, обязательно приглашу вас как-нибудь на спагетти.

— Спасибо, с удовольствием.

Я тоже бросила в тележку две пачки макарон. Пока не «Макфы». Сперва попробую у него. Да, рыжие волосы вместе с Зюзюкой творят чудеса. Два приглашения от совершенно охренительных мужиков за один день — это круто! Это начало новой жизни.

Егор не только довез меня, но и доволок мои неподъемные сумки до двери.

— Спасибо огромное, Егор! Я ваша должница! И тоже как-нибудь приглашу вас, скажем, на чай с домашним печеньем.

Он посмотрел на меня каким-то странным взглядом и улыбнулся.

— Спасибо, но я не ем сладкого.

— Счастливый человек, — засмеялась я.

Эх, надо было мне сразу сказать, что я не ем макарон. Он решил изящно установить между нами дистанцию. Мол, до супермаркета подвез, сумки допер, и хватит... Хотя зачем тогда приглашал на макароны? Да понятно, у него вид такой... гламурный, а там такие, как я, не котируются. От гламурненьких надо держаться подальше, у них шутки какие-то... Ну их в баню! У меня есть теперь Герман, и пусть спрячутся все другие. Егор ему небось только до плеча, и вообще...

Распаковав сумки, я разложила покупки по шкафам, дав себе слово в новой жизни и в новой квартире никогда не бросать неразобранные пакеты, не оставлять на потом наведение порядка, словом, жить жизнью аккуратной рыжей стервы. Но, проделав все это, я обессилила. Быстренько приняв душ, я завалилась спать, не забыв вытащить из сумки Зюзюку и поцеловать ее на ночь. Однако сил вернуть ее в сумку уже не осталось. Я сразу уснула.

Проснулась я от странного звука — как будто кто-то кряхтел. Что за черт, неужто телевизор забыла выключить? Я встала и поплелась сперва в туалет, потом в гостиную. Телевизор не работал. Видно, померещилось что-то. Я прислушалась. Кряхтенье повторилось, но звук шел из спальни. Привидение, что ли, в этой квартире водится?

Я вошла в спальню и увидела на тумбочке Зюзюку.

— Чего по ночам бродишь? — раздался старческий голос.

Я обмерла.

— Не бойся, это я, Зюзюка!

Кажется, я сплю!

— Тебе бабка твоя что говорила? Всегда держи Зюзюку при себе, а ты... Запихнула в сундук на много лет, меня там моль побила, и я уж думала никогда не проснусь, но ты все ж таки одумалась и привела меня в божеский вид, даже вон горошком украсила, а тут как раз срок подошел...

— Какой срок? — обалдело прошептала я. Мне почему-то совсем не было страшно, а только безумно интересно. Наверное, я все-таки сплю.

— Ничего ты не спишь! Все это наяву! В роду твоей бабки колдуньи были, вот одна из них еще при матушке Екатерине меня связала и так наколдовала, что я женщинам этой семьи советы даю по женской части...

— Какие советы?

— Ты вон нынче двух кавалеров повстречала...

— И что?

— Ты пудреницу-то открой, в зеркальце глянь — и все про этих кавалеров поймешь. Но имей в виду, я только после полуночи разговариваю... и до первых петухов.

— Погоди, а с мамой моей ты тоже разговаривала?

— Нет, мама твоя не нашего рода... Потому бабка меня тебе завещала. Жене сына про всякие амурные истории думать негоже...

— Ой, а про бабушкины истории ты все знаешь?

— А как же!

— Расскажешь?

— Там видно будет!

— А почему тебя Зюзюкой звать?

— Это долгая история. Аннушка, она фрейлиной была при государыне Екатерине Второй, решила меня царице подарить, а то матушка мужчин очень любила, да неразборчива была. Аннушка царицу-то почитала и подумала: знала бы матушка-государыня, что из ее романов проистечет, может, и остереглась бы... Ну и подарила меня. Как-то государыня изволили винца выпить и про Аннушкин подарок вспомнили, достали из комодика, а я тут и заговори... Она, матушка, так перепугалась, какого-то там офицера, я уж и не помню, зовет, кричит: «Забери от меня эту игрушку, она человечьим голосом говорит...» А тот ей отвечает: «Назюзюкалась ты, Катя, вусмерть!» — и целует ее, а она шепчет: «Зюзюка... Зюзюка...» — немка же, слова такого «назюзюкалась» не знала. И Аннушка решила меня у себя оставить. И с той поры меня Зюзюкой кличут...

— А ты Аннушке помогла?

— А как же иначе? Я ей показала, что с ней будет, ежели она предложение одного графа примет, она ему и отказала. Так он и вправду заговорщиком был, через год его казнили... А семью его сослали... То же и при красных: я хозяйку спасла, ей тогда двадцать годков было и в нее один важный товарищ из Совнаркома влюбился, предложение сделал. Он ей нравился очень, хоть и старше был намного. Ну я ей тоже все показала... Она, правда, и сама умная была, все говорила: «Минуй нас пуще всех печалей и барский гнев, и барская любовь». А уж после нашего разговора она вовсе в провинцию уехала, подальше от Москвы. Тем спаслась. А товарища того вскорости расстреляли. И мать, и сестру посадили как ЧСВН, знаешь, что это такое?

— Член семьи врага народа?

— Именно, именно, Дарьюшка! А вот когда она прадеда твоего встретила и полюбила, я ей сразу сказала — выходи, не задумывайся, она вышла и прожила с ним много-много лет, бабку твою вырастила, и, кстати, когда у нее любовь случилась на стороне, я ей тоже сказала, любить люби, но семью не ломай! Она послушалась и права оказалась... А ты вон все меня взаперти держала, да если б ты обо мне вовремя вспомнила, то и замуж за своего Ваську-поганца не вышла бы, да и за Ваньку тоже. Я б тебе, дурехе, объяснила, где твое счастье-то.

— И где же?

— Рядом было, да сплыло, теперь уж поздно.

— Ты о ком?

— Дело прошлое, чего о нем говорить.

— Зюзюка, ты мне не снишься?

— Еще чего! Я вообще-то с тобой разговаривать не хотела, но когда ты меня в теплой водичке искупала, да на мягоньком полотенчике сушить уложила, а потом горошком украсила... Пожалела я тебя, боюсь, без меня опять глупостей наделаешь. Открой-ка пудреницу...

Я быстро открыла пудреницу и увидела там... собаку.

— Господи, да что это значит, собака какая-то...

— Видать, помешает тебе собака с этим соседом-то.

— Как может собака помешать?

— Чего не знаю, того не знаю... А вот увидишь. Теперь закрой пудреницу и снова открой, поглядим, что там у нас со вторым кавалером.

В зеркале не было просто ничего.

— Значит, ничего не будет... — огорчилась я.

— Не знаю, но, скорее всего, он тебе просто совсем не подходит, ты дворянского рода, а он... из другого сословия. Смерд.

— То есть его кандидатура даже не рассматривается? — засмеялась я.

— Выходит, так.

— А если я его люблю?

— Когда успела-то? Ты ж после него на соседа засматривалась, так что... Подожди, он к тебе завтра в гости собирался?

— Послезавтра.

— До послезавтра времени еще много, может, и еще кто появится.

— Зюзюка, милая, так не бывает.

— Все бывает! Запомни раз и навсегда — бывает все, а особенно хорошее, и никогда ничего не поздно. Вот бабке твоей уж за пятьдесят было...

— И что? — безмерно удивилась я.

— Роман у ней случился, уж после деда твоего. Ей за пятьдесят, ему и вовсе на десять лет больше. Влюбились они, жуть просто... Ты уж тогда была не такая маленькая, ничего не замечала?

— Нет!

— Ну да, где уж вам, молодым, сообразить, что бабка твоя не старушка была, а немолодая дама, красивая, с манерами. Я помню ей сказала: ничего у тебя не выйдет! А она смеется: Зюзю-шенька, я уж в том возрасте, когда мне от любви ничего, кроме самой любви, не нужно, мне просто от ее присутствия в моей жизни хорошо...

— И что же?

— Да ничего особенного, только он женатый был, жену боялся, в делах своих как-то запутался и бабку твою во всем обвинил... мол, отвлекала его от дел и всякое такое... Сам бы не сообразил, жена подсказала.

— Он дурак, что ли, был?

— Дурак, ясное дело.

— И чем все кончилось?

— Да ничем. Она плакала тогда, убивалась. Я ей говорю: я ж тебя предупреждала... Она мне знаешь что ответила: «Я рада, что не послушалась тебя, старая ворчунья. У меня пять лет счастливых было в том возрасте, когда у других даже воспоминания о любви потускнели совсем». И все повторяла: «Не говори с тоской «их нет», но с благодарностию «были».

— Да, бабушка часто это говорила...

— Чего задумалась? А, я вижу, хочешь спросить, будешь ли ты счастлива?

— Вообще-то я совсем о другом спросить хотела, но раз ты сама завела этот разговор...

— Будешь обязательно, только я еще не знаю когда. Ты пойми, я ж не гадалка, я про будущее вообще не знаю. Ты вот мне кавалера предъяви, тогда я могу тебе сказать, годится он или...

— Или он смерд?

— Вот-вот...

— Да, Зюзюка, сегодня, наверное, самый удивительный день в моей жизни...

— Ты правильно все сделала, волосы перекрасила под бабку твою... Мне приятно... Я знаю, что ты хотела спросить — были ли у меня любимцы... Были. И твоя бабка самая любимая была. А вот ее бабку я не любила. Заносчивая, меня никогда не приласкает, пользовалась мной, как... Помнишь сказку про зеркальце?

— «Свет мой, зеркальце, скажи»?

— Кажись, Пушкин написал? Это до него слухи про мое зеркальце дошли.

— Зюзюка, у тебя мания величия, а еще ты врушка! Пудреницу бабушке ее поклонник подарил в уже вполне советские времена.

— Не знаешь ты ничего! Раньше зеркальце у меня было другое, без всякой там пудры, старинной веденецкой работы... Да разбилось оно в революцию... А меня прабабка твоя сохранила и дочке своей передала.

— А ты без зеркальца не могла?

— Могла, но только на словах, без картинки, не так впечатляло, ну вроде как нынче все больше телевизор смотрят, а радио мало слушают, с картинкой-то оно убедительнее... А когда бабке кавалер-то пудреницу подарил, оказалось, она тоже веденецкой работы...

— Теперь это называется венецианской работы...

— Ах да, я запамятовала, бабка твоя говорила, старость не радость... Да, вот еще, ты это... помалкивай про меня, подружкам своим не вздумай болтать. А то я не смогу тебе никогда больше помочь. Обо мне все знает только моя хозяйка, и никто больше. Вон, бабка твоя уж как тебя любила, все равно лишнего словца не проронила. Постой, а ведь, похоже, конец мне приходит...

— Какой конец, почему?

— Так ты ж бездетная, некому тебе меня передать. Ты помрешь, и я с тобой... Ой не дело это, надо срочно тебе дитятком обзавестись, и непременно дочкой, мужчины-то нам не годятся, а внучку ты уж и не дождешься, наверное, возраст вон... Ну если только совсем скоро понесешь... Ой, что это я, вы ж теперь так не говорите, залетишь, вот... Я, конечно, не очень понимаю, почему это называется «залететь», вот «понесла» — нормально, а залетела... Странно как-то...

— Зюзюка, скажи, а как мне быть, ведь послезавтра этот придет, смерд...

— Не смерд, простолюдин, я слово позабыла...

— Простолюдин? Ну пусть простолюдин, — засмеялась я. — Он мне нравится.

— Ты замуж за него хочешь или так, поблудить?

— Ну, сперва надо, наверное, поблудить, а там видно будет.

— Да что видно-то, где? Именно ничего не видно, зеркало вон пустое. Он тебя обесчестит... и сгинет.

— Обесчестить меня уж никак нельзя, это со мной ох как давно случилось...

— Поблудить очень охота?

— Охота, Зюзюшенька, — вздохнула я.

— Ох и нравы у вас нынче, ох и нравы, даже бабка твоя, хоть и любила поблудить, но вслух никогда...

— Времена меняются.

— Да уж, я насмотрелась... Я же одно время при дворе жила, тогда тоже блудили... Ох блудили! Это потом, в имении у Милорадовых девицы себя блюли, по такой надобности никогда ко мне не обращались, только все про замужество, ну а уж как замуж выйдут, бывало, и блудят, куда ж денешься, но я их от больших бед остерегала. Одной барышне, да нет уж, барыне тогда, не помню сейчас, кем она тебе приходилась, я помогла... Муж у нее хороший был, добрый, щедрый, красавец собой, а она возьми и влюбись в прощелыгу заезжего. Супруг-то делом занят был, заводы у него за Уралом имелись, не лежебока какой-нибудь, а ей-то, голубоньке, скучно, она все романы читала, на клавикордах играла, вышивала, а тут барин один к соседям гостить пожаловал, она и влюбилась со скуки-то, грех между ними случился, она даже про меня забыла, вскружил он ей головку-то и стал подбивать с ним в Париж ехать... Клялся, божился, что все устроит, вывезет ее тайком из России, вроде как свою сестру, никакие преграды ему не страшны, мол, ну сама знаешь, чего мужчины сгоряча обещают, и она, дуреха такая, уж в дорогу сбираться начала, тайком от челяди...

— И что? — в нетерпении перебила я.

— Совсем уж было приготовилась... Ай, я вспомнила, Дунечкой ее звали, так вот Дунечка стала свои фамильные драгоценности собирать, а их много было, дорогущие, и тут обо мне вспомнила. Зюзюка, говорит, покажи, что со мной будет? Ну я и показала... Сидит она в убогой комнатенке на постоялом дворе, без денег, без драгоценностей, одна-одинешенька и слезами горючими умывается. Побелела вся и спрашивает: «Зюзюка, милая, что же он, меня бросит?» «Беспременно бросит, — отвечаю, — видать, прознал про твои драгоценности, вот и решил со своей любовницей, которую за сестрицу выдавал, обмануть тебя таким макаром...» Она как ножкой топнет, как закричит: «Все ты врешь...» А у самой в голосе отчаяние, понимает она, что я правду говорю. Поплакала она, покричала, а потом одумалась. Отказала тому прощелыге и с тех пор только о муже и детях до самой смерти думала. Умерла она не старой, от грудной жабы, а перед смертью все меня под подушкой держала, просила доченьку ее беречь, а еще сказала: спасибо тебе, моя милая Зюзюка, если бы не ты, я бы и свою жизнь погубила, и Ванечкину, и деток... С этими словами и отошла... Да, вот еще что, имей в виду, я и днем все знаю, все слышу и вижу. Ох, устала я с непривычки-то, спать хочу, да, и если блудить с простолюдином вздумаешь, ладно уж, блуди, но не просто так...

— А как?

— Ну, чтоб понести, тьфу, залететь... Может, дочка получится, так еще пожить охота...

И она умолкла. Видимо, заснула. Я ущипнула себя за руку, больно... Значит, мне это все не приснилось. Зюзюка на самом деле ожила. Знаете, как уютно, как защищенно я себя почувствовала. Есть на свете кто-то — или что-то? — кому я небезразлична, кто лучше меня знает историю моей семьи и пусть из эгоистических побуждений, но заботится о продлении рода... С ума сойти! Или я уже сошла с ума и мне это просто примерещилось в бреду сегодняшней эйфории?

Я положила Зюзюку под подушку, легла и сразу уснула.

Утром первой моей мыслью было — это все сон. Я схватила Зюзюку, но она была такой, как всегда. Достала пудреницу, открыла... Ничего интересного, пудреница как пудреница. Конечно, мне все просто приснилось. Но на руке красовался синяк... и как прикажете это понимать? Смешно ведь думать, что в двадцать первом веке у сорокалетней, вполне нормальной женщины... хотя, может, я обольщаюсь и я далека от нормы? А ущипнуть себя могла и во сне, запросто... Ладно, буду считать, что это был сон, а ночью посмотрим... А пока буду готовиться к приему... простолюдина! Смешно, ей-богу... Между прочим, он с виду очень даже породистый... Ерунда. Просто я, видно, так измучилась от одиночества... И вдруг меня осенило: а ведь вчера был день смерти бабушки... А я, мерзавка, забыла.

— Прости, Зюзюка, я забыла.

Да, кажется, я все-таки спятила.

И я поехала на Донское кладбище, положила цветы на бабушкину могилу, ее любимые желтые хризантемы...

Я вышла из лифта и обмерла. У двери Егора сидела собака! Дивной красоты голубоглазая хаски. Она сидела и улыбалась! Господи, какая прелесть! И тут же я вспомнила, что именно такую собаку видела в пудренице. Ничего себе!

Я уже вставила ключ в замок, но меня неудержимо тянуло пообщаться с собакой.

— Привет, собака!

Она еще шире улыбнулась.

— Тебя можно погладить?

Наверное, я бы не очень удивилась, если бы

она мне ответила. Но собака молчала. Я погладила ее. Похоже, она была мне благодарна.

— А чего ты здесь сидишь? Ты чья?

В этот момент приоткрылась дверь еще одной квартиры. На площадке их три. Оттуда выглянула пожилая дама.

— Здравствуйте! — сказала я. — Я ваша новая соседка, меня зовут Дарья.

Дама весьма благосклонно улыбнулась в ответ и вышла на площадку.

— Очень, очень, рада! Меня зовут Эмилия Казимировна. Вы уже окончательно переехали?

— Да. Может быть, зайдете ко мне как-нибудь по-соседски.

— О, с удовольствием, а вы одна будете жить?

— Да, одна. А что это за чудная псина?

— Так это же Себастьян, пес Егора. Вы с ним еще не знакомы?

— С Егором чуть-чуть знакома, а вот с этим красавцем еще не имела чести... Но почему он тут сидит? Егора нет дома? Или он сбежал, а Егор его ищет?

Дама вдруг прижала палец к губам и подосила ко мне совсем близко.

— Нет, в том-то и дело, что Егор дома, и у него сейчас... женщина, ну вы понимаете? А Себастьян при... этом не желает присутствовать... воет, вот Егор его и выставляет.

— Значит, вся лестничная клетка знает, когда к нему дамы приходят и зачем? — засмеялась я.

— То-то и оно.

В этот момент в ее квартире зазвонил телефон. Дама смущенно развела руками и засеменила к себе.

— Себастьян, может, в гости зайдешь? — я открыла дверь своей квартиры и пригласила пса.

Но он сидел как вкопанный.

— Ладно, не хочешь, не надо. Ну пока, брат!

Мне, конечно, было смешно, но зато я поверила в Зюзюку! Правда, она и сама не понимала, почему в зеркале отразился Себастьян, но, скорее всего, это означает, что пес для хозяина важнее и дороже баб, которых он трахает, хоть и выставляет его за дверь. Ну что ж, спасибо, Зюзюка, за своевременное предупреждение. Значит, сосредоточим свое внимание на Германе. Сословные предрассудки предков меня не занимают. В наше время простолюдин на джипе — уже не простолюдин, а крутой мужик, а крутыми мужиками пренебрегать глупо, этс ведь так сексуально — крутой мужик! Правда,

для полноты картины он должен был бы быть
еще и наголо бритым, но...

Я что-то стряпала, наводила лоск в квартире
и с невероятным нетерпением ждала ночи. Мне
так хотелось поболтать с Зюзюкой!

Едва пробило полночь, я схватила свою старую подружку.

— Зюзюка, милая, здравствуй.

— Здравствуй, Дашутка, пустой у тебя
нынче денек был.

— Почему пустой? — удивилась я. — Я
столько дел переделала, в ДЭЗ сходила, на поч-
ту, на рынок смоталась, без машины-то тяжело,
непривычно.

— Мне все это неинтересно. Моя забота другая, сама знаешь! Кавалера нынче никакого не
встретила, так и беспокоить меня нечего попусту, — даже как-то сварливо проговорила она.

— А что, с тобой можно только мужиков об-
суждать?

— А ты думала? Для другого у тебя подружки есть. А я в ваших делах ничего не смыс-
лю. Вчера-то я для знакомства разболталась, и
хватит. Завтра к тебе простолюдин придет, тогда и поговорим, все, я спать буду.

— Вот это афронт! Как сказала бы моя первая свекровь. Ну, Зюзюка, а ты, оказывается, с характером. А если я вообще больше ни одного мужика не встречу, ты и говорить со мной не станешь?

Но она молчала.

— Ну и ладно, охота была всякие бредни слушать про матушку государыню. Да я про нее небось побольше твоего знаю, в юности историей увлекалась.

Все напрасно. Зюзюка была непреклонна.

Утром я решила пойти купить цветов, в доме у женщины обязательно должны быть цветы, так учила бабушка. Интересно, а простолюдин придет с цветами? Тьфу, что за глупость, привязалось это идиотское словцо позапрошлого века! Герман для меня пока просто Герман, а там посмотрим... Я представила себе, что он меня обнимает, и мне понравилось, у него такие большие сильные руки... Когда он на месте аварии взял мое лицо в ладони и заглянул в глаза, пусть с медицинскими целями... По уже образовавшейся привычке я сунула Зюзюку в сумку и подумала, что вечером я ее в сумке и оставлю, а то если дело все же дойдет до «блуда», ее присутствие в спальне может мне здорово помешать. Черт побери, хорошее забытое слово «блуд»! А то все трах или того хуже е... В сталинские времена мою любимую Анну Ахматову в газетах называли блудницей... Даже почетно для меня, тем паче что я и не помню уж, когда в последний раз блудила. Во дворе я сразу увидела Егора с Себастьяном.

— Привет, Даша!

— Боже, какая собака! — притворилась я, что впервые вижу Себастьяна, чтобы не смущать соседа. — Это хаски?

— О, вы разбираетесь в собаках?

— Да не очень, но такую красоту нельзя не знать. А можно ее погладить?

— Это мальчик, Себастьян. Можете его погладить.

— О, привет, Себастьян, рада познакомиться.

Он улыбнулся и, как мне показалось, заговорщицки мне подмигнул, оценив мою деликатность. И вдруг подал лапу.

Я удивилась, но с удовольствием пожала ее. Егор же удивился несказанно.

— Чудеса, да и только! Он никогда не дает лапу никому, кроме меня. Что бы это значило?

— Думаю, только одно — я ему понравилась! Впрочем, как и он мне. И я даже чувствую себя польщенной! Ладно, сосед, я спешу, пока!

Ай да Себастьян, какую разыграл сцену! А может, зеркало показало мне Себастьяна как ключевую фигуру моего с Егором романа? Да, скорее всего. Он ведь так удивился поступку собаки, что явно заинтересовался мной. Иной раз удивление — это уже полдела. И вполне возможно, он решит, что стоит поэкспериментировать, завоет пес во время его... блуда со мной? Тьфу, вот привязалось! Мне стало вдруг так весело, так хорошо, но тут же я поняла — чепуха, не рискнет такой мачо заводить шашни с соседкой, это ж недальновидно, откуда он знает, что я не стану в дальнейшем портить его сексуальную жизнь? И вообще, мне это ни к чему. Еще влюблюсь в него, буду ревновать, мучиться, нет уж, не желаю! Егора мы вычеркиваем из списка претендентов!

Я приготовила скромный, но вкусный обед, решила, что кормить его буду на своей новой шикарной кухне. Первый гость... Часов в семь я была уже готова и начала волноваться. Включила телевизор, ни на чем не могла сосредоточиться и вдруг на канале «Спорт» увидела Егора! Он вел какую-то программу. Ого, оказывается, он спортивный комментатор! Вот только этого мне и недоставало! Телевизионщик! Когда в конце программы я увидела титры, то поняла, что он ко всему еще и олимпийский чемпион по фигурному катанию! Но хорош, черт бы его взял! Нет, мне такой хоккей не нужен, впрочем, вместе с фигурным катанием!

Но передача здорово отвлекла меня от ожидания простолюдина. Тут зазвонил телефон.

— Даша, это Герман!

Похоже, я буду сидеть с мытой шеей!

— Даш, у нас ничего не отменяется?

Слава богу!

— Нет, я жду вас!

— Так я подымусь?

— Вы уже внизу? — запаниковала вдруг я.

— Да. Код какой?

Я быстренько глянула в зеркало, кажется, все в порядке, и прильнула к глазку. У лифта стоял Егор! Хорошо бы он столкнулся лицом к лицу с Германом. Мечты иногда сбываются, пусть даже такие крохотулечные! Едва подъехал лифт, оттуда с букетом роз вышел Герман. Он был на целую голову выше Егора. Я сразу открыла дверь и успела заметить весьма любопытный взгляд любвеобильного соседа!

— Даша! Привет! — расплылся в улыбке Герман. — Я, кажется, не опоздал!

Егор уехал.

— Привет, заходите, Герман!

— О, как у вас красиво, краской еще пахнет, недавно ремонт делали?

— Я только на днях сюда переехала, вы самый первый гость!

— Кстати, я боялся, что сегодня не смогу прийти, до шести все еще было неясно, но вот вырвался, очень уж хотелось вас повидать. Но у меня всего только два часа, и я не смогу выпить даже глотка — работа, ничего не попишешь. Вы не обиделись?

— Да нет, почему я должна обижаться? Работа святое дело, я понимаю.

— Вы умница, что не добавили «для мужчины».

— Почему? — засмеялась я. Хотя я конечно же обиделась. Он что, сюда жрать пришел?

— Тогда бы это значило, что вы все-таки обиделись.

— Я вообще-то не обидчива.

— Здорово, а то я подумал... Вы ж вот обиделись на того типа...

— На какого типа? — искренне не поняла я.

— Который сломал кровать...

— Да что вы, я ему безмерно благодарна!

— За что?

— Это было последней каплей, и я начала новую жизнь!

— Назло ему? — усмехнулся он. — А где у вас можно руки помыть?

Я показала на дверь ванной. Странный тип...

— Ох, я такой голодный, с утра ничего не ел.

Он мне жутко нравился, но я понимала — сегодня ни-ни! Второпях я не люблю. Если полезет, получит отлуп. Я чувствовала, что тоже ему нравлюсь, но уже через несколько минут поняла, что и он не хочет впопыхах, и совершенно успокоилась.

— А ты вкусно готовишь, мне нравится, моя бабушка тоже такой грибной суп варила, с геркулесом...

В голосе этого громилы прозвучала нежность.

— Вы любили бабушку?

— Да, я практически вырос у бабушки с дедом. Дед был военный инженер, а бабушка окончила Питерскую консерваторию по классу флейты. Играла в оркестре Большого театра.

Она была маленькая, хрупкая, а я уже в четырнадцать вымахал до метра восьмидесяти пяти, она мне едва до подмышки доставала и все смеялась: «Герка, ты нарочно так вырос, чтобы я не могла тебя поцеловать...» Бабка была дворянских кровей, правда, с детства привыкла это скрывать...

Вот тебе и простолюдин, ошибочка вышла, драгоценная Зюзюка.

— А дед тоже был высокий, сильный, только, в отличие от бабки, молчун. Она все смеялась: «Вася привык хранить военные тайны, и из всего делает тайну, даже из неправильно вросшего ногтя на ноге...» Ох, извините, не к столу будь сказано... А это что такое? Так вкусно пахнет...

— Баранина с овощами.

— Люблю баранину...

Он много рассказывал о себе, почти ни о чем меня не спрашивая. Рассказывал даже такое, что не принято рассказывать мало знакомым дамам. А я слушала с удовольствием, мне было интересно, это во-первых, а во-вторых, мужчины любят, когда их слушают не перебивая. И чем больше он говорил, тем яснее я понимала, что он обязательно еще придет.

Время стремительно приближалось к часу его ухода.

— Даш, ты прости, что я все о себе и о себе, тебе почему-то хочется рассказывать... Я сегодня выболтал что-то такое, чего не говорил никогда и никому, сам не знаю, что на меня нашло... И ведь что самое смешное, стрезва́... Знаешь, мне так хочется посидеть с тобой, никуда не спешить, выпить... А давай поедем ко мне на дачу, я там редко бываю, там живет один мой товарищ, от жены ушел, то-сё, а мне лучше, чтобы кто-то там жил... А?

— Можно, но у тебя бывает свободное время?

— Бывает, конечно, но... Ты извини, мне уже пора, я знаю, неприлично уходить сразу после еды, но...

— Ладно, дворянин, будь проще! Ты много о себе рассказал, вот только я не поняла, почему ты занялся таким, прямо скажем, недворянским делом, как охранное агентство?

Он рассмеялся.

— Я тебе все расскажу, что ты захочешь узнать, кроме своих женщин, об этом извини...

— Зачем мне твои женщины? — удивилась я.

— По-разному бывает... Ну ладно, спасибо тебе, знаешь, я когда увидел тебя в машине, рыжую, бледную, я сразу понял — неспроста... Ну все, ужин был — супер!

Он как-то замялся на пороге.

— Можно я буду звонить?

— Конечно.

— Хочу заранее извиниться, могу иногда пропасть на несколько дней, со мной бывает, работа такая... Но ты тоже звони, если я не могу разговаривать, я отключаю телефон. Для работы у меня другой...

— Поняла.

— Пока... Как неохота уходить...

— Иди уже, опоздаешь!

Он ушел. До пробуждения Зюзюки было чуть меньше двух часов. Меня так и подмывало разоблачить старую ворчунью! Смерд, простолюдин! Ничего она не понимает и вообще врушка! И он мне вполне подходит, нравится, волнует и даже вызывает некоторую жалость, несмотря на рост, силу и околобандитскую профессию. Он — мачо, в нем есть загадка, а еще накаченные мускулы, широченные плечи... А Егор? Егор мне тоже нравится, но... И вдруг я подумала: Дарья, да ты рехнулась! Ты живешь в двадцать первом веке, тебе сорок лет, позади трудная жизнь, два мужа, были еще романы, и чем ты занимаешься, идиотка? Тебе надо не о мужиках думать, а работу искать! На мужиков нынче надежды нет, самой надо себе старость обеспечивать... А ты руководствуешься представлениями Зюзюки! Дворянин — не дворянин! Секс, конечно, важная составляющая, но сама жизнь куда важнее, а в твоем возрасте искать такого мужа, чтобы тебя содержал, по меньшей мере глупо. Денег у тебя хватит ну на год, если прижаться, на два, а дальше что? А ведь еще и машину надо купить! И к чертям Зюзюку, она безнадежно отстала от жизни... Но сегодня я еще поговорю с ней, надо ж утереть ее кожаный нос, а потом займусь вплотную поисками работы. И обязательно надо созвать на новоселье старых знакомых. Новая жизнь не означает забвения старой.

Наконец пробило двенадцать. Я вытащила Зюзюку из сумки.

— Знаю, знаю, ошиблась я, бывает... Только все равно не годится он тебе, этот Герман.

— Почему?

— Он от тебя сына скрывает.

— Какого сына?

— Сын у него есть, прижил когда-то, а мать спилась, он ребеночка-то отобрал, теперь воспитывает, тетка ему помогает.

— Какая тетка?

— Его родная тетка. И он твердо решил не

жениться. Так что не женится он на тебе, не рассчитывай.

— Да я и не думала о замужестве.

— И в отцы нашей девочке он не сгодится.

— Какой девочке?

— Ну ты ж девочку родить должна, пока еще не поздно.

— А почему он в отцы-то не годится?

— Генетика плохая!

— Что? — мне показалось, что я ослышалась.

— Генетика, говорю, плохая, наследственность, не понимаешь, что ли?

— Да ты-то откуда про генетику знаешь?

— Глупый вопрос, откуда я вообще все знаю? Так вот, матушка его от туберкулеза померла, и у мальчишечки тоже легкие слабые, вот он его у тетки за городом и держит. Где воздух свежий.

— Значит, про товарища на даче он наврал?

— Да нет, это правда, только ребеночек у тетки живет, тетка у него помешанная на здоровом образе жизни, живет в деревне, козу держит, козьим молочком мальца поит...

— А почему ж он мне этого не сказал?

— А, видать, не хочет, чтобы ты... Словом, в мачехи парню не годишься.

— Почему не гожусь?

— Да вообще-то сгодилась бы, но он так считает, и тут уж я ничем тебе не помогу. Я ж знаю — негодный он для тебя.

— Тогда зачем приходил?

— Для блуда.

— Так ничего же не было.

— А он думает, что будет!

— А будет?

— Нет, не будет.

— Почему?

— Прошлое помешает, которое и есть будущее.

— Какое прошлое?

— Зачем заранее говорить? Может, и не сладится ничего.

— А если в зеркало заглянуть?

— Глянь, попробуй.

Я открыла пудреницу и увидела в зеркальце зад удаляющегося джипа с номером Германа.

— Значит, тут и надеяться не на что?

— Забудь!

— Но он мне понравился!

— Как понравился, так и разонравится. Он, если хочешь знать, как выпьет лишнего, так баб своих лупит! Вон, глянь!

И я увидела в зеркальце, как Герман со всего маху бьет по щеке какую-то блондинку.

— Может, за дело? — с робкой надеждой спросила я.

— А я почем знаю!

— Ну, допустим, а что скажешь насчет Егора?

— Это который сосед с собакой?

— Да.

— Он тебе пригодится.

— Для чего?

— Не знаю пока. Мы с ним еще мало знакомы. Вот позови его в гости, тогда я разберусь. Или сама к нему в гости сходи, только меня взять не забудь. Ну все, я спать хочу. Ты сегодня меня обидела.

— Я?

— Ты, ты! Еще как обидела!

— Чем это?

— А ты обо мне плохо думала! И старая ворчунья я, и врушка, и вообще ничего в вашей жизни не понимаю, у вас на дворе двадцать первый век, а Зюзюка устарела, и не надо ее слушать... Так что пока, чувиха!

И с этими словами она уснула. Ни фига себе, она мысли читает... И... Интересно, неужели у Германа действительно есть сын, про которого он умолчал?

— Есть, есть, не сомневайся. Я одну оши-
бочку сделала, да и не такая уж ошибочка-то...
ты из высокородных дворян, а он из захудалых,
худородный... Так что, как ни крути, не пара он
тебе. Все!

Она и вправду читает мысли! Мне стало как-
то неуютно. Мало ли что приходит в голову сорокалетней незамужней женщине, у которой
давно не было мужика.

Утром меня разбудил звонок Кристины.

— Подруга, привет! Разбудила?

— Да!

— Ничего, просыпайся, а то все на свете
проспишь! Я соскучилась и вообще жажду тебя
навестить, у меня есть шикарный подарок на новоселье! Давай адрес, я сейчас приеду! И никаких возражений!

— Ладно, черт с тобой!

— И имей в виду: я еду к тебе завтракать!

— Поняла. Сколько у меня времени?

— Час!

Я побежала в ванную, потом быстренько
оделась, застелила постель, окинула взглядом
квартиру, все ли в порядке, поменяла воду в ро-
зах, принесенных худородным дворянином —

здорово он, однако, повысился в звании, — все же от смерда до худородного дворянина дистанция немалого размера. Но, как ни странно, мысль о нем после беседы с Зюзюкой была уже какая-то отстраненная, как будто я смирилась с его потерей. Выходит, у этой старой варежки есть на меня влияние. Чудеса, да и только! Интересно, к чему это приведет?

Кристинка явилась с целым ворохом пакетов, один из которых был огромным.

— Вот, держи! — с порога она протягивала мне именно этот огромный пакет. — Хотя постой, поди-ка сюда! — она за руку вытащила меня на лестничную площадку, выхватила что-то круглое и мягкое из пакета и швырнула в прихожую. — Вот теперь твое проживание здесь можно считать легитимным! (Когда-то Кристина работала помощником депутата в Государственной думе).

— Что это? — ошалело спросила я.

— Кот!

Это и в самом деле был кот! Огромный круглый котище, связанный из шерсти, рыжий в коричневую крупную полоску.

— Господи, Дашка, что ты с собой сделала! — всплеснула руками Кристинка, только сейчас заметив мои рыжие кудри. — А здорово!

Тебе идет, и котяра тебе в масть! Скажи какой, а? Я хотела живого котенка, а потом подумала: в твоем возрасте ты всю любовь обрушишь на маленькое живое существо, никуда не сможешь уехать и все такое, и я разорилась на этого... Он дорогой, зараза, но неотразимый, правда? Давай, показывай хоромы! Да, впечатляет! Конечно, если бы в такой вид привести старую квартиру...

— На какие шиши?

— Тоже верно! Зачем жалеть о прошлом? Ура! Мне нравится! А что с соседями? Успела познакомиться?

— Слегка! Пожилая дама и Егор Ольшанский.

— Какой Ольшанский? Фигурист?

— Да.

— Ни фига себе, он потрясающий...

— Потрясающий? Фигурист или...

— Или я не знаю, а фигурист точно потрясающий, мужик офигительно красивый!

— Собака у него офигительно красивая, а он... молод для меня.

— Ему тридцать семь. И чему это мешает? Он, кажется, в разводе.

— И к нему стоит очередь баб.

— Дашка, знаешь, что я тебе скажу, — пристально глядя на меня, вдруг заявила Кристина. — Ты вошла в свой возраст. И с этим цветом волос... Ты дико похорошела! Дико! Вот мой возраст уже прошел, он был с двадцати пяти до тридцати восьми, наверное. Но я не расстраиваюсь, я все успела, что собиралась: нашла небедного мужа, родила нормального здорового пацаненка, до тех пор налюбилась и наработалась за троих, так что... Скучновато, правда, иногда бывает, хочется бурных чувств, но ты же знаешь, у меня рацио всегда было на первом месте. А у тебя все, что раньше было, — только прелюдия, а концерт и не начинался... Как насчет Ольшанского?

— Да брось, это не мой тип и не мой случай.

— Все равно, не любовник, так друг... Такой друг пригодится, к нему наверняка ходят классные мужики... и если он поймет, что ты на него не претендуешь, то может проникнуться доверием и начать приглашать тебя куда-нибудь или к себе, когда друзья придут... Иными словами, тут есть перспектива.

Я вспомнила предсказания Зюзюки: Егор тебе пригодится. И теперь я, кажется, знаю, в каком качестве. Кристинка — это Зюзюка номер два! Не многовато ли на меня одну?

— Я так понимаю, что с работой пока глухо?

— Как в танке.

— Это хреновато... Хотя... Уверена, что скоро подвернется что-то стоящее, главное, не паниковать.

— Я пока и не паникую, но мне все же сорок лет. Карьеры уже не сделать, но хоть надежный кусок хлеба...

— Ты больная? Что такое сорок лет? Да вот когда моей маме было сорок, случилась перестройка, вся жизнь поломалась, и никто из ее подруг не пропал! Почти все нашли новую работу. И карьеру, кстати, многие сделали, вот мужики да, они в большинстве своем спились, опустились, хотя тоже не все, но теперь ведь у нас мужчины — слабый пол. А ты глянь на себя в зеркало! Тебе от силы тридцать два можно дать, ты с этими волосами вообще — отвал башки! Не желаю я больше слушать эту упадническую чушь! Ты начала новую жизнь! И давай за это выпьем!

— С утра пораньше?

— Какая разница, мы ж не будем целый день квасить. И вообще, невежливо не рассмотреть подарки! Итак, котяру посадим в угол дивана, смотри, он прямо рожден для этого места, красавец! Скажи, разве не красавец? Как ты его назовешь?

— Надо подумать.

— Назови его просто Барсиком или Мурзиком, чего выдрючиваться.

— Да ну, он такой здоровенный, какой из него Мурзик. Скорее уж Бегемот.

— Думаешь, он будет сидеть и примус починять? Дудки! И вообще, к черту литературные реминисценции. Предлагаю Афанасия! Есть в нем что-то такое...

— А что, мне нравится. Кот Афанасий! Солидно, основательно... Годится.

— Только Афоней не зови, ему не идет. Просто и достойно — Афанасий. У вас есть кот? Да, его зовут Афанасий! Класс! Возьми его на руки, я вас сниму!

Она вытащила из сумки полароид и через минуту уже протягивала мне снимок: я ахнула — снимок был такой гламурный, я на нем такая красивая, а Афанасий такой милый... Что-то совсем из другой жизни. Интересно, а он ночью не станет учить меня жизни, он ведь тоже вязаный...

Потом Кристинке кто-то позвонил, и она умчалась со словами:

— К чертям мерихлюндию, Дашка! У тебя есть все основания радоваться жизни, а когда человек ей радуется, то она старается хоть изредка его побаловать!

Кристинка — безумная оптимистка, и я легко и охотно заряжаюсь ее настроениями. Я вообще поддаюсь влиянию, правда, до определенного предела, а потом бунтую, но все же... Вот, к примеру, после беседы с Зюзюкой я почти не думаю о худородном дворянине. И тут я вспомнила, что у меня ведь нет машины. А может, и не стоит ее покупать? Зачем мне она? Сейчас в Москве ездить такая мука, эти вечные пробки, наглые и неопытные водители, от которых сплошь и рядом не знаешь, чего ждать, жулики и вымогатели в автосервисах, да даже если я буду ездить на такси, мне это обойдется намного дешевле... Ладно, там будет видно, сперва надо найти работу...

Я взяла телефон и стала обзванивать старых знакомых, чтобы сообщить новый номер телефона и заодно закинуть удочку — вдруг кто-то что-то услышит насчет работы. Правда, в этот час я далеко не всех застала, а звонить по таким делам на мобильный просто бессмысленно. И каждый, с кем я говорила, спрашивал: когда новоселье? Но мне была непереносима даже мысль о том, что ко мне ввалится толпа гостей, мало чем друг с другом связанных, некоторые перепьются, как водится, кто-то с кем-то поссорится, хорошо, если не подерутся, кто-то будет лопаться от зависти... Нет! Ни за что!

И вдруг в дверь позвонили. Кто бы это мог быть? На пороге стояла соседка Эмилия Казимировна с горшочком розовых гиацинтов.

— Извините, Даша, я не вовремя? Вот, хочу поздравить вас с новосельем.

— Спасибо, спасибо огромное, заходите, Эмилия Казимировна, сейчас будем пить кофе или чай. Я очень рада!

— Вы переносите запах гиацинтов? А то у некоторых бывает аллергия...

— Не просто переношу, а обожаю! Ничего, если мы на кухне посидим?

— Конечно, мы же соседки. Я так понимаю, мы все трое одиночки?

— Трое? — не поняла я, занятая завариванием чая.

— Ну да, вы, я и Егор. Он, кстати, очень славный человек, но бабник жутчайший.

— Я уж поняла. Но мне это как-то все равно.

— А я, кстати, люблю бабников, они умеют общаться даже с женщинами, на которых не имеют видов. А это приятно...

— Не думала об этом, но, кажется, вы правы.

— Дашенька, простите за нескромность, вы где работаете?

— Ах, в данный момент нигде, я пока безработная. Я начала новую жизнь...

— А, поняла, но профессия у вас есть?

— Да, я окончила филфак МГУ, романо-германское.

— Боже мой, я в свое время тоже училась на романо-германском, потом работала в издательстве «Прогресс», а потом вышла замуж за дипломата и на этом моя карьера закончилась. Мы с мужем где только не побывали...

— Моя мама работала в «Прогрессе»! И, как я понимаю, примерно в те же годы...

— Как ее звали?

— Алла Евгеньевна Шапошникова, по мужу Милорадова...

— Аллочка Шапошникова? Боже мой, я прекрасно ее помню, она была такая хорошенькая, такая женственная, только очень много курила, да?

— Да, правда... Как свет мал...

— Так вы ее дочка? А мама...

— Мама умерла пять лет назад...

— Ох, простите, Даша... Но как же вы...

— Я живу одна, поменяла огромную родительскую квартиру, вернее, продала, купила эту, и мне пока есть на что жить, сейчас вот ищу работу...

— У вас какие языки?

— Французский, итальянский и английский...

— Знаете, Даша, я ничего не обещаю, но попробую вам помочь.

— Да? Вот было бы здорово! А что за работа?

— Знаете, у моей дочери своя фирма, и как раз на днях она говорила, что ей нужен человек с итальянским, она затевает бизнес с Игалией, я в этом ничего не понимаю, но попробовать стоит!

— А какой бизнес, я ведь могу совсем не знать специфики и терминологии.

— Ну, Даша, терминология дело наживное, я сама когда-то взялась за технический перевод, абсолютно ничего не зная о сути предмета, два-три дня со специалистом — и я щелкала тексты, как орехи... И мне это нравилось, хотя я все равно ничего в технике не понимала.

— Вообще-то вы правы. Так чем занимается ваша дочь?

— Она поставляет модным домам Европы изделия русских художников, но не живопись, а кружева, батики, вышивки и все в таком роде...

А все началось с того, что Ирочка попала в сибирский городок Мухлынь, где плетут удивительные кружева, о которых никто как-то не знал, в отличие от вологодских, елецких и других. Муж ее бросил, надо было как-то жить, и вот тут ее осенило... Она занялась этими кружевами, вывезла их в Германию и показала одной женщине, модельеру, та ухватилась, и они вдвоем организовали совместную фирму. Что Ирке пришлось пережить... Знаете, как у нас — валяется капитал под ногами, никто и не замечает, а нашелся один приметливый, так сразу и остальным захотелось... Там, в Мухлыни этой, мэром женщина одна, умная, энергичная, она и поддержала дело, они там цех открыли кружевной... Но, боже мой... мне постоянно боязно за Ирку, она такая отчаянная... Впрочем, что это я разболталась, надо брать быка за рога! Я сию минуту позвоню дочке! «Иринка, ты сейчас можешь говорить? Нет, ничего не случилось, просто ты на днях жаловалась, что у тебя нет надежного человека с итальянским? Да, у меня есть кандидатура. Это моя новая соседка, оказалось, что я работала с ее мамой, а сама Даша окончила филфак, у нее итальянский, французский и английский! И она как раз ищет работу. Думаю, твоя ровесница. Она из очень хорошей семьи».

Я вся дрожала. Неужто повезет?

— Да, обязательно! Хорошо, хорошо, ладно, беги! Даша, завтра в двенадцать тридцать сможете быть у Иринки в офисе? Он находится в Головином переулке. Я вам дам адрес.

— Разумеется, буду! Не знаю, как вас благодарить-то, Эмилия Казимировна...

— Бросьте, Даша, пока благодарить еще рано, но мне почему-то кажется, что все получится и, более того, вы с Иринкой подружитесь. У вас есть что-то общее, а, кроме того, я просто считаю своим долгом помочь вам, как однажды мне помогла ваша мама. Да не просто помогла, а буквально спасла меня, ну, если не от ареста, то уж от увольнения с волчьим билетом точно.

— Я ничего об этом не знаю, расскажите, Эмилия Казимировна! Умоляю!

— С удовольствием расскажу! Дело было в семидесятых, кажется, в конце шестидесятых... точно года уже не помню, но только кто-то привез мне какую-то запретную книжку, то ли Оруэлла, то ли Авторханова, а может, и Солженицына. Не помню. Мы с Аллочкой симпатизировали друг другу, но особой дружбы не было, я больше с Лоркой Шостко дружила... Лорка с Аллой в одной комнате сидели, а я в другой. И вдруг как-то вечером звонок в мою дверь. На пороге Алла, бледная, лоб в испарине, я испугалась. А она молча берет меня за руку, выводит на лестницу и шепчет: «Не вздумай завтра на работу Оруэлла принести, тебя заметут, я слышала. А лучше всего избавься от книги прямо сейчас, мало ли что...»

Я испугалась страшно и даже решила, что со стороны Аллочки это провокация...

Мы ж тогда всех в стукачестве подозревали. Она видит мое состояние и шепчет:

— Ты у Лорки мужика отбила, а она на тебя настучала, что ты запрещенные книги распространяешь...

— А ты откуда про это знаешь?

— Совершенно случайно разговор услышала... Может, ничего и не будет, но подстрахуйся, если что запретное есть, уничтожь! Но уж на работу точно книгу не приноси.

Ох я и растерялась. А она спрашивает:

— У тебя много?

— Книжка и рукопись!

— Сожги!

Вот когда она это сказала, я ей окончательно поверила.

— Как я в коммуналке жечь буду? Подозрительно.

— Тогда давай сейчас же это сюда и поедем к нам на дачу! Там печка...

Аллочка тогда уже на «москвичонке» езди-ла, и мы помчались за город, сожгли там все в печке, смеялись и плакали. Ну, короче, на другой день подходит ко мне Лорка, спраши-вает: «Ну, принесла?» Я на голубом глазу от-вечаю: «Что?» — «Книжку». — «Ага, — говорю, — принесла», — и отдаю ей в руки... поваренную книгу Молоховец, тогда это рари-тет был, но не крамольный. Смотрю, у нее морда вытянулась. Короче говоря, ночью у ме-ня был обыск. И ничегошеньки не нашли! Так что, сами понимаете...

— И вы с этой Лорой общались?

— Да нет, она вскоре сама ушла. Очень уж явно все было. Я потом боялась, что меня могут с мужем за границу не выпустить из-за той ис-тории, но нет, обошлось...

— А с мамой как сложилось?

— Первое время мы боялись обнаружить наши отношения, то есть общались как прежде, мы об этом договорились еще на даче, а потом... Жизнь развела, но я всегда жалела, что у меня нет такой подруги... И вот Бог привел встре-титься с Аллочкиной дочкой, и, надеюсь, с вами мы подружимся.

У нас обеих глаза были на мокром месте. Так приятно было услышать эту историю о маме...

Она была очень закрытым человеком, я мало что знала о ее молодости, да и вообще бабушка была мне намного ближе. Но от Эмилии Казимировны веяло теплом и атмосферой моего детства. Вот такие интеллигентные редакционные дамы частенько собирались у нас в квартире, вели заумно-диссидентские беседы, распаляясь иной раз до скандала, а иногда эти поборницы свободы и демократии вдруг начинали просто сплетничать по-бабьи и становились как-то симпатичнее, что ли... Я терпеть не могла эти посиделки: «Вчера по "Голосу Америки"... Слышали на "Немецкой волне"... на "БиБиСи"...» Я была еще совсем девчонкой, и меня пугали эти известия, мне становилось плохо, неуютно жить. И я бежала к бабушке, которая тоже все это не любила. Бабушка учила меня языкам, манерам, рассказывала истории из прошлой жизни, она была в молодости красавицей и, как я понимаю, не слишком любила мою мать. Называла ее приятельниц суфражистками и однажды сказала в сердцах, когда в столовой уж очень пылали страсти:

— Ах, Даша, они просто не знают настоящего страха... Времена нынче уж не такие людоедские, вот и позволяют себе... Кстати, не поручусь, что многие из них, особенно яростные, не стучат помаленьку... Вот, например, эта Ада... Не нравится она мне, к тому же дура редкостная, и такая оголтелая, зря Аллочка ее приваживает, ведь сажают и в наши дни. Впрочем, бог с ними, давай-ка мы лучше послушаем «Волшебную флейту» и я покажу тебе, как надо вязать крючком...

Но я больше любила вязать на спицах, и это умение здорово мне пригодилось в юности. Купить было нечего, я распускала старые свитера и шали, вязала из них модные вещицы и всегда была прилично по тем временам одета почти без всяких затрат. Помню, мама как-то сказала: «Дашка, повезло тебе с бабкой, всему научила, а я как была безрукая, ни на что негодная, так и осталась...»

— Дашенька, хочу только предостеречь... Вы такая красивая, привлекательная, а Егор ни одной юбки не пропускает, он уж и на вас глаз положил... Не стоит с ним...

— Боже упаси!

— Поверьте, девочка, я желаю вам добра... Егор просто еще не перебесился. Он же не мог перебеситься в молодости, все силы отнимал спорт, а теперь наверстывает...

— Да бог с ним, с Егором, он вообще не моего романа, вот Себастьян — это другое дело.

Знаете, он мне сам вдруг подал лапу. Егор безмерно удивился.

— Это плохо, деточка, очень плохо!

— Почему?

— Удивился, значит, заинтересовался, ох, а устоять против такого трудно.

— Мне нетрудно. У меня к тому же голова не тем сейчас занята.

— Ну дай Бог, дай Бог!

Мы еще поболтали о пустяках, обменялись кое-какими рецептами, и она ушла, попросив непременно сообщить ей о моей встрече с Ириной. Что ж, можно считать, что с соседями мне крупно повезло. Посмотрим, на что мне пригодится Егор?

Зюзюку я вечером будить не стала, и сама она помалкивала — кавалеров в этот день на горизонте не было. А Герман даже не позвонил.

Офис Ирины помещался в полуподвале, но там было просторно, красиво и никаких кабинетов, приемных, секретарш, все друг с другом на ты... Я насчитала пять девушек. Две сидели за компьютерами, одна что-то выясняла по телефону, еще одна варила кофе в кофеварке, одновременно что-то подсчитывая на калькуляторе.

Пятая оказалась хозяйкой. Я с первого взгляда поняла, что мы сработаемся и подружимся.

— О, девочки, смотрите, в нашем коллективе явно не хватало рыжей сотрудницы! — со смехом сказала она. — Даша? Проходи, раздевайся, давай пальто, садись! Мама уже ввела тебя в курс дела?

— Нет, ну или в самых общих чертах! Знаю лишь, что ваша фишка мухлынские кружева!

— Да, но не только! Ты в подобных фирмах когда-нибудь работала?

— Нет.

— Бог с ним, но компьютер знаешь?

— Конечно.

— И три языка?

— Это да.

— С людьми общаться умеешь?

— Вполне.

— Загранпаспорт есть?

— Есть.

— Ты семейная?

— Нет. Я одна!

— Я тебя беру! Машину водишь?

— Вожу!

— Супер! А машина есть?

— В данный момент нет. Мне на днях ее разбили. Но собираюсь купить.

— Хорошо. Послезавтра должны приехать два макаронника, ты их встретишь, разместишь в отеле и привезешь сюда. Машину возьмешь мою, я сделаю доверенность. Паспорт с собой? Давай сюда! Валя, оформишь все, извини, Даш, пока буду платить тебе тысячу баксов, там поглядим, тебя устроит?

— Для начала, конечно. А можно вопрос?

— Валяй?

— Какие у меня перспективы?

— В смысле денег?

— Не только, главное, в смысле работы...

Она очень внимательно на меня посмотрела.

— Ну, к примеру, место постоянного представителя фирмы в Италии тебя бы устроило? В перспективе, разумеется?

— Безусловно!

— Но ты понимаешь, я должна разобраться, с кем имею дело, так что перспектива довольно отдаленная, не раньше, чем через полгода, к тому же до постоянного представительства еще очень далеко, мы только начинаем переговоры.

— Конечно, — улыбнулась я, — мне не к спеху!

— Отлично, мы друг дружку поняли! — она улыбнулась в ответ. — Завтра к одиннадцати ждем на работу! Поздравляю.

— К одиннадцати! Здорово!

— Конечно! Зачем мне в офисе сонные тете-ри? Рабочий день, если нет ничего срочного, до полседьмого, если нужно уйти пораньше, всегда договоримся. Вот такие пироги!

— Спасибо, Ира!

— Кушайте на здоровье! Как там мама?

— По-моему, прекрасно, мы уже нашли об-щих знакомых, и твоя мама знала мою...

— Я рада, что мать там не одна, ой, только не думай, что из-за этого я не буду посылать те-бя в командировки.

— А я и не думаю, я просто рада, у меня, ка-жется, началась хорошая полоса.

Господи, как же мне повезло! Я проработала в фирме почти месяц, и у меня ни разу не возникло даже тени разочарования. Конечно, мои языковые познания были востребованы далеко не каждый день, и в свободное время я просто делала то, что нужно в данный конкретный момент, и вникала в детали, которые, казалось бы, не должны меня ка-саться. Но так работали все! И никаких склок, ни-каких перешептываний. Сама Ирина тоже вкалы-вала будь здоров, не просто наравне со всеми, а ед-ва ли не больше всех. Как-то я спросила ее:

— Ир, а у тебя никогда никаких скандалов не бывает?

— Ну почему, всякое бывает, нервы у людей сдают, но в принципе я разбираюсь в людях, просто на уровне интуиции, ну и опыт какой-никакой есть. Если возникает вдруг зависть, ревность, я быстро избавляюсь от таких сотрудников. Ну и стараюсь учитывать интересы каждого, когда коллектив небольшой и сплошь бабский, это не так уж трудно. А тебе по секрету скажу: я тобой довольна, даже очень. Через месяц едем в Милан. Замутим там новое дело... Ты шить умеешь?

— Шить? Умею, но не люблю. А что?

— Нужно, чтобы у тебя был какой-то туалет с мухлынскими кружевами. Я всегда на себе демонстрирую, и это производит впечатление. Хочешь — закажем, хочешь — сама сшей, но вещь должна быть европейского уровня.

— А есть кому заказать?

— Конечно. Давай, выбери кружева. Между прочим, тебе понадобятся вечерние платья, как минимум два, и хорошо бы одно с нашими кружавчиками.

— У меня ни одного нет, сроду вечерних платьев не носила.

— Ладно, завтра поедем к портнихе, ты извини, но я пока тебя не так хорошо знаю и хочу присутствовать, это же лицо фирмы...

— Прекрасно, а то я насчет вечерних туалетов не очень, я и носить их не умею.

— Ты имеешь в виду длинные юбки? Это не обязательно.

На другой день мы отправились в ателье к подруге Ирины и заказали там для меня два платья — одно черное, облегающее, с юбкой миди и с безумной пеной белых кружев на одном плече, а второе темно-зеленое, с цветком бледно-зеленых кружев. Цветок крепился на задрапированном поясе.

Кстати, я уже знала, что изначально мухлынские кружева были только белые, черные и суровые, а цветные — это уже нововведение Ирины, которое бурно поддержали заказчики. Я была в полном восторге.

— Ты почему зеленого не носишь? — спросила вдруг Ирина. — Рыжим, как правило, зеленое к лицу.

— Да я рыжая недавно, не освоилась еще, — призналась я.

— Только не вздумай перекрашиваться, это твое!

— Что ты! Этот цвет приносит мне удачу...

И только тут я вспомнила, что псевдопростолюдин так ни разу мне больше и не позвонил. Выходит, права была Зюзюка? Как давно я с ней не общалась, она уж наверняка обиделась. Но ведь у нее аудиенция раньше полуночи не начинается, а я в последнее время так устаю, что просто не доживаю до полуночи. Но завтра суббота, и я непременно сегодня с ней побеседую, я даже соскучилась по старой ворчунье, хотя поводов для разговора как-то не наблюдается. Видимо, у меня так не бывает, чтобы и с работой ладилось, и с личной жизнью. Впрочем, то же самое и у всех девочек в нашей фирме — личная жизнь не слишком задалась. У двух есть дети, а мужей они прогнали — за ненадобностью. Случаются иногда любовники, и все.

У подъезда я столкнулась с Егором и обрадовалась, мы давно не виделись. Он, кажется, тоже обрадовался.

— Привет, соседка, как дела?

— Грех жаловаться!

— С работы?

— Да.

— Ужинала?

— Нет!

— Приходи через сорок минут, накормлю...

Я новый соус освоил и хочу на тебе опробовать. Рискнешь? Ко мне еще один коллега подвалит, а без красивой женщины, сама понимаешь, будет вульгарная скучная пьянка.

— Ну что ж, я с удовольствием! От меня что-то нужно?

— Ничего, кроме красоты.

— О! Хорошо, буду через час, сам понимаешь, красота после рабочего дня требует некоторых усилий.

— Да какие там усилия, и так хорошо.

— А будет еще лучше!

Интересно, что бы это значило? Скорее всего, хочет подсунуть меня своему коллеге или наоборот, коллегу мне? Да какая разница, зато сегодня уж точно будет о чем поговорить с Зюзюкой. Егор мне должен как-то пригодиться... Может, он пригодится именно сегодня, и его гость окажется именно тем, кого мы с Зюзюкой ждем? Посмотрим...

Я побежала в душ, навела красоту и достала из шкафа старую зеленую блузку, раньше я ее не любила, а теперь она вдруг так мне понравилась... Блузка была дешевенькая, но сидела идеально. В конце концов, на макароны, пусть и с новым соусом, в такой блузке пойти не стыдно, и ни одна собака, даже умнейший Себастьян, не подумает, что я вырядилась. Да, надо взять с собой Зюзюку, но как-то глупо идти в соседнюю квартиру с сумкой... Я вытащила пудреницу, а саму Зюзюку попыталась сунуть за пояс джинсов, но это было очень некрасиво. Тогда я просто сунула в Зюзюку мобильник, уж его-то я точно возьму с собой, и никто не удивится, мало ли какие сейчас у баб чехлы на телефонах. Посмотрим. Я все-таки взяла из буфета коробку испанского шоколада, которую мне привезла Ирина. Неудобно, даже к соседу, на ужин идти с пустыми руками.

Дверь мне открыл Егор в смешном фартуке с рыбками.

— Молодчина, через три минуты все будет готово.

В прихожую вышел Себастьян и улыбнулся.

— Привет, мой хороший.

Пес протянул мне лапу.

— Да что ж это делается, Даша!

— Просто, он чувствует, что я в него буквально влюблена, а в тебя нет, следовательно, ничем ему не угрожаю.

Он посмотрел на меня с еще большим интересом.

— А почему это ты в меня не влюблена?

— А разве обязательно? — рассмеялась я.

— Да нет, но... Наверное, ты права, он у меня умный пес. А ты занятная, мне вообще кажется, что рыжие женщины — это всегда интересно. Хотя, конечно, исключения бывают. Что мы тут стоим, проходи, ты ж у меня еще не была? Хочешь посмотреть квартиру?

— С удовольствием.

Квартира была трехкомнатная, просторная, но какая-то слишком журнальная, что ли. И чувствовалось, что женщины тут только бывают...

— Ладно, Юрка опаздывает, пошли, гретые спагетти — это грех! Я его предупреждал! Садись. Вина выпьешь? Настоящее итальянское...

— А что ты делал в Италии? Мне, возможно, тоже придется какое-то время работать в Италии...

— Здорово! Я там пытался тренировать, но не могу, у меня не хватает терпения, я совсем не педагог, собаку вон нормально воспитать не сумел... Но Италия — это суперская страна. Отдыхать езжу только туда, у меня там друзья. Ты не была?

— Нет, но скоро поеду!

— Мне Эмилия говорила, что ты с ее дочкой работаешь.

— Егор, а для чего глубокие тарелки?

— Ты что? Спагетти принято есть из глубоких тарелок, а ты вообще их есть умеешь? Нет? Смотри, берешь вилку, вот так, наматываешь, можешь помогать себе ложкой, смотри!

— Вкууусно!

— У тебя получается. А правда вкусно! Я молодец!

И тут раздался звонок.

— О, вот и Юрка!

Он побежал открывать, а Себастьян и ухом не повел.

Интересно, что за Юрка?

— Зюзюка, проснись!

— Да я уж жду! Знаю, знаю, довольна, небось?

— А ты как думала!

— И чему радоваться? Он нам не подходит!

— Ну, это я и без тебя давно поняла! Но как у него морда вытянулась, когда он меня узнал! Сукин сын! Глазам своим, говорит, не верю! Ах, как я рад, Дашенька! Сволочь! Хотя, знаешь, Зюзюка, я ему даже благодарна: если бы не он, может, я бы долго еще не решилась продать квартиру... и жила бы, как никчемная старая ду-

ра! С прошлым надо расставаться весело! А я
сегодня повеселилась!

— Ну-ну!

— Чем ты недовольна опять?

— Время теряешь! Вон месяц целый — никого даже на горизонте нет! Как ужасно жить,
зная, что помрешь!

— Да так все живут!

— Так-то люди, а я-то Зюзюка! У меня долгий век, я могла бы еще хоть двести лет жить, но
ты тратишь время на какие-то тряпки, а скоро и
вовсе родить не сможешь, куда это годится?
Ладно уж, так и быть, переспи с Егором, если
никого другого на примете нет. Он красивый,
девочка наша тоже красивая будет!

— Погоди, Зюзюка, что-то я тебя не пойму... А если я не хочу спать с Егором?

— Захочешь!

— Ну, допустим, а если даже я забереме-
нею, но это будет мальчик?

— Тогда плохо!

— Значит, так, спать с Егором я не буду, мы
с ним просто хорошие соседи и все! Слушай, а
почему Герман пропал, ты не знаешь?

— Нет. И не думай о нем, он больше не появится!

— Почему?

— Попробуй в зеркальце заглянуть. Кстати, ты больше в меня телефон свой не запихивай!

— Почему?

— Это вредно для здоровья, я по радио слышала!

— Для чьего здоровья? — полюбопытствовала я.

— Для моего, конечно!

— Зюзюка, твоему здоровью, кроме моли и моей бездетности, ничего угрожать не может.

— Откуда я знаю, мало ли... — проворчала она. — Вообще, ты мне не нравишься!

— Почему?

— Что ты все заладила — почему да почему! По кочану!

— Ты чего грубишь, старая варежка?

— Я старая варежка? Это ты старая варежка! Никому не нужная баба, сорок лет, бабкой уж могла бы быть, а у тебя даже постель согреть некому, фу, видно, и вправду конец света скоро, и ладно, не хочу я так жить — вымаливать девочку, смотреть на этих теток без мужиков... Я когда у тебя на работе в сумочке лежу — диву даюсь! И чего вам всем надо! Тебе ж с этим Юркой спать нравилось, вон даже кровать сломала! Если с Егором не хочешь, так его верни, кровать-то у тебя сейчас новая, крепкая, да и вообще, что за дела, на ней еще ни одного мужика не было, а говорила — блудить хочу, чего ж не блудишь?

— Позволь, но ты же только что сказала, что он нам не подходит?

— В мужья — не подходит, а чтоб ребеночка отпрыснуть — сойдет!

— Отпрыснуть? — засмеялась я.

— Ну, чтоб отпрыск был!

— Старая я уж ребеночка без отца заводить! А жить мы на что будем? У меня бабушек нет, ты, что ли, воспитывать будешь? Ты воспитаешь!

— Все, я обиделась! Пока мужик на этой кровати не поспит, я с тобой и разговаривать не стану!

— Ну и не надо! Ворчишь, как полоумная старуха, несешь всякую хрень...

— Дура, я о тебе забочусь!

— Да нет, ты о себе заботишься! Спи, как-нибудь в другой раз поговорим.

Я сунула пудреницу в Зюзюку, а ее в ящик комода. Не буду я больше ее с собой таскать, не вписывается эта вязаная безделушка времен Очаковских и покоренья Крыма в наш сумасшедший век. Она еще хуже Хоттабыча. У того все-таки интересы были много шире Зюзюкиных.

В субботу я отдыхала — встала поздно, читала, смотрела телевизор, болтала по телефону и с почти неприличным удовольствием вспоминала вытянувшуюся морду знатока Эдгара По! И как он весь вечер увивался вокруг меня! Однако я была вежлива, даже приветлива, но холодна и неприступна. Кажется, он решил, что у меня роман с Егором, особенно его наводило на эти мысли доверие и нежность Себастьяна. Ах, какой пес! Когда я заглядывала в его невозможно голубые глаза, мне казалось, что он понимает каждое движение моей души... А Егор даже ревновал. Он славный малый, этот Егор, с чувством юмора, добрый, словом, прекрасный... сосед. И все, и все! Кстати, вчера пообещал, что поможет мне купить машину. Хорошо бы.

После обеда мне позвонила Кристинка и потребовала, чтобы я непременно приехала к ним в гости — на плов. Ее муж Вадим родом из Самарканда и готовит плов фантастически, вкуснее не бывает! Отказаться я была не в силах. Разумеется, от таких ужинов — спагетти, плов — фигура может пострадать, но голос желудка в данном случае полностью заглушил голос разума. И я поехала, хотя подозревала, что дело не только в плове. Наверняка там заготовлен какой-нибудь старый холостяк или вдовец для меня. Вадим уже давно негодует, как это я могу жить одна. Увидев меня в новом обличье, он довольно мрачно заявил.

— Мда, шансов у бедного Темки нет...

У Темки действительно не было ни одного шанса, но плов, как всегда, был выше всяких похвал.

— Слушай, — шепнул мне на ухо изрядно поддавший Вадим, — можешь мне объяснить, чего, собственно, тебе надо?

— Да ничего... Разве что большой любви...

— Возьми слона и вымой в ванне! — вдруг разозлился он.

— Ты что-то спутал, Вадя, — невозмутимо отозвалась я. — Я ж не говорила, что мне нужен чистый слон...

— Дурища ты!

— Почему? Ты забываешь, я два раза была замужем. Больше не хочу...

— Самостоятельная, да?

— Да.

— А кто стакан воды подаст?

— Не желаю я думать об этом идиотском стакане! Рано мне еще! Я, если хочешь знать, начала новую жизнь, и она мне нравится...

— Дура, такую квартиру продала...

— А что мне было с ней делать? Ложиться костьми? Моей зарплаты даже на унитаз не хватило бы. И вообще, там были тени прошлого. Дом на Набережной, сам понимаешь... Отвяжись, Вадик, хочешь устроить мне несварение желудка? После сказочного плова все это слушать вредно.

— Да ну тебя!

Домой я поехала на такси. И решила, что завтра с самого утра займусь уборкой квартиры. Среди ночи я проснулась от странных звуков. Похоже, выла собака. Себастьян? Я подбежала к двери, заглянула в глазок. На площадке никого не было. Но вой доносился из квартиры Егора. Говорят, собаки воют к несчастью. Какое несчастье почуял Себастьян? Я подошла к окну, выходящему во двор, и увидела, как въезжает машина Егора. Слава богу! Бедный пес, наверное, просто хочет выйти. Сейчас Егор его выведет, и тот успокоится. Живот у него болит, наверное. Егор не спеша вылез, на нем была короткая куртка. Какая у него сексапильная фигура, как-то отвлеченно подумала я. И вдруг откуда-то на него налетели два парня, одного он отбросил, но второй сбил его с ног, и они принялись дубасить его ногами. Что на меня нашло, не знаю, но я выскочила на балкон с цветочным горшком в руках, швырнула его в дерущихся и не своим голосом заорала: «Милиция, милиция!» Парней как ветром сдуло! Во многих окнах стал зажигаться свет. Егор лежал на грязной мостовой. Я накинула пальто прямо на пижаму и в тапках на босу ногу помчалась вниз.

— Егор! Егор! Ты жив?

— Да жив, Даш, это ты кричала?

— Я. Встать можешь, а то холодно!

В этот момент из подъезда выскочил какой-то мужчина в тренировочном костюме.

— Егор, что случилось? Вставай, опирайся на меня, — командовал он. — Дамочка, вы слишком легко одеты, марш в подъезд.

В самом деле, у меня уже зуб на зуб не попадал. Я вбежала в подъезд, но подниматься не стала, хотела понять, что произошло с Егором, мне вдруг стало страшно, что называется, задним числом. Но вот уже Егор, слегка пошатываясь, подошел к лифту. Он был весь грязный, лицо в крови.

— «Скорую» надо! — заявил мужчина.

— Ничего не надо! Все нормально, спасибо, Виталий Маркович!

— Говорил я, бабы до добра не доведут, особенно в таком количестве!

— Правы, сто раз правы, — улыбнулся Егор. — Виталий Маркович, не в службу, а в дружбу, на пять минут выведите моего Себастьяна, а то бедняга...

— О, это с удовольствием. А может, пока зайдешь к нам, Анна Георгиевна промоет физиономию-то...

— Да нет, спасибо, и так уж всех напряг, вот познакомьтесь, моя новая соседка Даша, это она крик подняла. Спасибо, ты настоящий друг...

— Себастьян завыл, я проснулась и в окно глянула.

— А ты какую-то бомбу из окна кинула!

— Да не бомбу, а горшок с азалией. И заорала не своим голосом.

— Молодчина, не растерялась, — одобрил меня Виталий Маркович. — Егор, я сейчас оденусь и поднимусь за собакой.

Мы с Егором вошли в лифт.

— Вид у меня плачевный?

— Ничего, довольно даже героический!

— Ни фига себе герой, с какими-то хануриками не справился, хрупкая женщина спасла, стыд и срам...

— Ничего, передо мной можно не геройствовать, я соседка, к тому же кормленная спагетти... Но раны твои я промою, а то ты и не увидишь ни черта, вон как глаз заплыл...

— Согласен. Хорошо, у меня завтра нет записи...

Себастьян уже не выл, просто подошел к хозяину и ткнулся носом ему в колени.

— Сейчас, сейчас, мальчик, придет Виталий Маркович, он с тобой выйдет...

И почти тут же в дверь позвонили.

Себастьян взял в зубы поводок и подал Виталию.

— Это не собака, это Шопенгауэр!

С этим словами он взял Себастьяна и вышел на площадку.

— Даш, а можно я сперва быстренько приму душ, а потом уж ты мной займешься?

— Давай, где у тебя все необходимое, я пока приготовлю?

— В ванной, я принесу. Я буквально мигом управлюсь.

— Егор, а милицию вызвать не надо?

— Да боже упаси!

— Это были братья какой-нибудь юной девы?

— С юными девами я стараюсь дел не иметь.

— Значит, муж с ассистентом?

— Они не представились, сразу бить стали. Ладно, спасибо тебе, могло быть хуже, я неудачно упал, сильно треснулся, но мне не привыкать... Какие у тебя руки легкие...

Он погладил мое запястье.

— Егор, давай сразу договоримся. Мы только соседи, может, друзья, но не больше.

— Что может быть больше дружбы? Хотя ты, наверное, права, лучше оставить все как есть, — как-то чересчур интимно произнес он. — Слушай, все хотел тебя спросить, что у тебя вышло с Юркой?

— Отвечу вопросом на вопрос, можно?

— Валяй!

— Что бы ты сделал, если бы в доме твоей... женщины под вами сломалась кровать?

Он фыркнул.

— А что сделал Юрка?

— Нет, скажи, что сделал бы ты?

— Это что, тест?

— Вроде того.

— Купил бы новую кровать, в чем проблема? Так что Юрка-то сделал?

— Не буду ронять его в твоих глазах.

— Вот даже как! Ой, щиплет!

— Ничего, тебе не привыкать.

— Это правда. Что-то Виталий Маркович

загулялся с Себастьяном. А, между прочим, Юрка, по-моему, решил, что у нас с тобой роман.

— Пусть, мне не жалко.

— Ты его любила?

— Да нет, это было так... от одиночества...

Вернулся Виталий Маркович.

— Он хорошо погулял, все дела сделал, утром можно не спешить на прогулку. Ладно, я вижу, ты под надежным присмотром, Егор.

— О да, но это не то, что вы подумали, Даша просто мой друг.

— А я уж хотел спросить, не оставить ли Себастьяна на площадке.

— Кошмар! — засмеялся Егор, — из-за этого пса весь подъезд в курсе моей личной жизни.

Славный дядька ушел.

— Ладно, Егор, вроде все нормально, я пойду. Хорошо, что завтра воскресенье.

— Спасибо, подруга, я рад, я очень рад, что у меня такая соседка. Еще раз спасибо за все.

Он встал, чтобы меня проводить, и уже в прихожей вдруг громко вскрикнул и схватился за меня.

— Что случилось?

Я на секунду даже подумала, что он притворяется, чтобы все-таки затащить меня в постель, но мне тут же стало стыдно. Он побледнел, на лбу выступил пот.

— Что, Егор, что?

— Спина! Старая травма... Прости... Боль жуткая...

— Егор, «скорую» вызвать?

— Да нет, они не помогут. Достань, пожалуйста... Хотя нет, сперва я должен лечь... Помоги мне.

Я помогла ему дойти до кровати. Она была не слишком широкой и ничем не напоминала ложе разврата, скорее какой-то одр, жесткий, как доска. Он лег, едва сдерживая стон.

— Даш, пожалуйста, дай стакан воды. И достань из того ящичка красные таблетки в баночке.

— Эти?

— Да... Ох черт, как не вовремя... Я должен ехать в Инсбрук... Какая, к черту, поездка, плюну... Боль жуткая... Сволочи... Жалко, ты им башку не разбила своей азалией...

— Егор, может, все-таки вызвать кого-то?

— Ночью? Нет. Завтра я позвоню своему другу, он классный хирург... Ему свято верю, а пока... Ничего, сейчас полегчает, таблетки сильные... Да, мне-то повезло с соседкой, а вот тебе с соседом...

— Ничего, бывает...

— Небось думаешь, а каково его бабам на таком жестком ложе...

— Егор, поверь, я о твоих бабах вообще не думаю. И если б ты о них меньше думал, жил бы спокойнее.

— Ты права, но... Ничего, время так быстро летит! Не успею оглянуться, как уже старость, импотенция...

— Кто о чем, а вшивый о бане! Знаешь, мне недавно рассказали анекдот, он довольно длинный, но суть его, собственно, в одной фразе. Разговаривают мальчик и девочка, лет пяти. Девочка хвастается: «А мне купили новую куклу!» Мальчик отвечает: «Зато у меня есть пиписька!» И чем бы девочка ни хвасталась, мальчик неизменно отвечал: «Зато у меня есть пиписька!» На мой взгляд, это очень точно передает вашу мужскую суть!

Он поморщился от боли, но все-таки рассмеялся.

— Ты не до конца рассказала... Девочка ведь, в конце концов, отвечает: «Подумаешь, вот вырасту, у меня этих пиписек будет сколько захочу!» И это в известной степени отражает женскую сущность.

— Что ж ты молчал, что знаешь анекдот?

— Хотелось послушать твое толкование.

— Тебе полегче?

— Да, ты умеешь заговаривать зубы... Ладно, иди, ты уж с ног валишься...

— Утром вывести Себастьяна?

— Посмотрим, может, и сам смогу... Спасибо, ты золото, не зря я всегда любил рыжих...

Я теперь всегда буду рыжей, решила я.

Дома я вспомнила о Зюзюке. Интересно послушать ее комментарии в пятом часу утра.

— Привет!

Зюзюка молчала.

— Зюзюка, ты спишь? Что скажешь?

— Скажу, что ты дура!

— Почему?

— Мужчины не любят, когда женщины их спасают.

— А что, лучше было бросить его на произвол судьбы?

— Это бабы всегда влюбляются в своих спасителей, а мужчины нет.

— Но ведь Егор нам все равно не подходит.

— Ну, ребеночка сделать сгодился бы...

— Зюзюка, тебе не стыдно? Ты должна обо мне заботиться, а ты все о себе.

— Я о тебе и забочусь, чтобы у тебя мужчина был, а ты все время попусту тратишь, с девками своими на работе лясы точишь! Вот взять Алину вашу, что это такое: «Ни за что мужика в дом не пущу, чтобы и духу его в моем гнездышке не было, а переспать у него можно, а если нет, в гостинице». Это куда мир катится? Это на что похоже? И ты не лучше... третий месяц постель пустая, а время твое идет...

— Ладно, разберемся. Мне не к спеху!

— К спеху, к спеху, ты что себе думаешь? В мое время в сорок лет помирали уж, внуков имели, а ты только жить собралась? Ты бы к доктору, голуба, сходила, может, и деток-то поздно заводить, может, и стараться незачем... Ишь ты, не к спеху ей!

— Зюзюка, ты с ума не сошла?

— А мне не с чего! Где у меня ум-то, а? Это ты вон умная, только ничего не понимаешь! И чего ты меня в такой час потревожила? Скоро уж петухи...

— Слушай, Зюзюка, а ты вообще кто?

— Зюзюка.

— Нет, я имела в виду — что ты такое: нечисть, добрый дух, домовой?

— Я Зюзюка, а ты дура!

И она больше не отвечала на мои вопросы. Ну и пусть, устала я от нее.

Утром я увидела в окно, что Себастьяна выгуливает Виталий Маркович. Значит, Егору не лучше. Как глупо, я не знаю его телефона, а он моего. А звонить в дверь — только тревожить. Не буду. И я занялась уборкой. Какое удовольствие убирать новую квартиру, как вспомню свое отчаяние в родительских хоромах, превратившихся в результате в дом Эшеров... А тут полтора часа — и готово. И права, бесконечно права Алина — не надо пускать в дом мужиков, ох не надо! Но я уже чувствовала какую-то ответственность за Егора. И позвонила Эмилии.

— Дашенька, — обрадовалась она. — Как ваши дела?

— Спасибо, благодаря вам прекрасно. Мне так хорошо работается с Иришей.

— Она тоже на вас не нарадуется, говорит, что вы очень пришлись ко двору.

— Эмилия Казимировна, я хочу спросить, у вас есть телефон Егора?

— Разумеется! Но я...

— Дело в том, что его вчера избили у нас во дворе, вроде все обошлось, но потом у него прихватило спину. Я хотела бы узнать, не нужна ли ему помощь... — отчего-то смутилась я.

— Даша, это безумие, нет, верх безумия!

— Что? — не поняла я.

— У Егора столько женщин...

— Ну и на здоровье, но... он, наверное, удивляется, что я не звоню, а я просто не знаю телефона.

— Дашенька, но если он сам не дал вам своего телефона... Как же я могу? Это как-то неприлично.

— Хорошо, тогда прошу вас, позвоните ему и спросите, как он себя чувствует и не надо ли ему чего. Вряд ли он хочет в таком состоянии показываться своим бабенкам, а я просто соседка!

— Вы влюбились в него, Дашенька? Немудрено...

— Да боже меня упаси!

Странно, что она не стала выпытывать подробности избиения Егора и его чудесного спасения, она — как Зюзюка, все больше об амурах волнуется. Старая школа!

Через десять минут она позвонила.

— Даша, почему ж вы не сказали, что спасли Егора? Он просто в восторге от вас! И сам попросил у меня ваш телефон. Вы позволите?

— Господи, конечно!

— Тогда он через пять минут вам перезвонит, я только сообщу ему ваш номер.

Да, вот это воспитание! Цирлих-манирлих!

Через пять минут действительно позвонил Егор.

— Даш, привет!

— Как спина? Я видела в окно Виталия Марковича.

— О прогулках пока и думать не могу, по квартире с трудом передвигаюсь. Но во второй половине дня должен приехать мой друг, он хирург, тогда и разберемся.

— Ты не голодный, тебе ничего купить не надо?

— Да нет, спасибо, заезжал муж моей сестры, все привез и забрал Себастьяна.

— Бедный Себастьян!

— Ничего, он любит у них бывать. Они за городом живут, он там целый день на воздухе, в снегу валяется... Даш, еще раз спасибо тебе.

— Да ладно. Надеюсь, твой доктор тебя скоро на ноги поставит. Пока!

В пять часов я с чувством исполненного долга уселась смотреть «Свою игру». Вдруг в дверь позвонили. Кого черт принес?

В глазок я увидела какие-то цветы.

— Кто там?

— Откройте, пожалуйста, я от Егора...

Я открыла. На пороге стоял мужчина и держал в руках... здоровенную кадку с фантастической бело-розовой азалией!

— Ох, вот это да!

— Куда поставить? Горшок тяжеленный! Целый куст! — Он занес кадку в гостиную. — Послушайте, надо, наверное, под него что-то подставить, давайте, пока я здесь, а то вам не поднять.

Я вспомнила, что у меня есть огромное блюдо для плова, которое когда-то мне привез в подарок Кристинкин муж. Я никогда им не пользовалась. Вот теперь оно пригодится!

— Ой, спасибо, я сейчас!

— О, это подойдет! Где будете ставить, азалия не любит тепла.

— Я знаю, вот тут лучше всего!

Он поставил кадку на блюдо, отряхнул руки, и только тут я на него взглянула. Что-то в его лице показалось мне знакомым...

— Даша? — вдруг ахнул он. — Ты стала рыжей, я сразу и не признал...

— Ромка, ты?

— Я, Дашка, я!

Это был мой одноклассник, Ромка Лосев, безнадежно влюбленный в меня в последних классах школы.

— Откуда ты взялся, Ромка? — вдруг страшно обрадовалась я.

— Да вот Егор позвонил, что спина болит, рассказал, что соседка спасла его с помощью азалии, и просил по дороге найти самую большую азалию. Даша, как я рад, ты стала еще лучше...

— Так ты хирург?

— Да.

— Я даже не знала, что ты поступил в медицинский.

— Ты никогда мной не интересовалась. А я вот знал, что ты училась на филфаке, а потом замуж вышла...

— Ромочка, это было так давно, а ты изменился, такой стал... матерый, что ли...

— Дашка, тебе идет быть рыжей... — он вдруг протянул руку и коснулся моих волос. Я вздрогнула. Его карие, чуть навыкате глаза, близоруко прищуренные, смотрели на меня с такой нежностью...

У меня вдруг тревожно застучало сердце.

— Что мы так стоим, заходи, Ромка, хочешь чаю или кофе?

— Хочу, конечно, хочу, но сперва надо осмотреть Егора, я же к нему приехал...

— Да, да, конечно, но потом обязательно приходи.

...С ума сойти, как меняет людей жизнь! Ромка в школе был тощим, некрасивым, правда, умным и развитым парнем. С ним никогда не было скучно, однако девчонки взрослеют раньше, и я никогда не влюблялась в одноклассников. А теперь это сильный сорокалетний мужчина, определенно очень интересный, с легкой сединой на висках и печальными карими глазами. Почему-то я разволновалась.

Егор тебе пригодится, предрекала Зюзюка. Может имелся в виду Ромка? Нет, что же это за наказание — все время жить ожиданием любви? Я хочу любви... Но не той, о которой трындит Зюзюка, а настоящей, как в книгах моего детства, романтической, может, даже жертвенной, а что, я могу... мне еще не поздно... вон, Зюзюка рассказала, что бабушке было за пятьдесят, а мне только сорок, и не зря я стала рыжей! А встреча через столько лет с человеком, о котором я и не вспоминала...

Может, я от отчаяния уже вообразила, что Ромка мне понравился? Да нет, вон Егор мне тоже нравится, и вроде даже я ему нравлюсь, но душа молчит, а тут такая вибрация... Нет, все не случайно в этой жизни, и, наверное, мы должны были встретиться с Ромкой, чтобы я наконец оценила его. А вдруг он просто обрадовался встрече с прежней школьной любовью? А теперь... У него же наверняка есть своя жизнь, и вполне вероятно, что в ней не будет для меня места? Вот не нашлось для меня места в жизни худородного дворянина Германа. И вдруг в памяти снова всплыли слова Зюзюки, сказанные в ночь нашего с ней знакомства. Дословно не помню, но она тогда сказала, что я без ее подсказки упустила что-то важное в юности... Вот сегодня я уж точно с ней пообщаюсь!

Ромки не было часа полтора. Ну сколько может опытный хирург осматривать больного? Меня уже трясло от нетерпения. А может, он ушел, решил не ворошить прошлое, зачем ему какая-то школьная любовь, к тому же безответная? В первый момент обрадовался, а потом решил — ну ее к бесу, эту задаваку Дашку, зачем мне сдалась сорокалетняя баба? Я то и дело подходила к двери, смотрела в глазок, прислушивалась, не открывается ли дверь Егора, но все было тихо. Неужели ушел? И в какой-то момент я перестала ждать. С ума я, что ли, спятила, Ромка Лосев мне понадобился! Дура набитая, хорохоришься, а сама готова даже в Ромке Лосеве увидеть мужчину своей мечты... Бред, бред!

Я ушла в спальню. И вдруг зазвонил телефон.

— Алло!

— Даш, это Егор! Слушай, Ромка все рвется к тебе, а я считаю, это свинство — бросать раненого в горьком одиночестве, может, ты придешь к нам, а? Даш, пожалуйста, приходи, я так рад, что ты знакома с моим лучшим другом... Надо за это выпить...

— А тебе-то пить можно? — спросила я, не зная, радоваться или огорчаться такому повороту.

— Один бокал доктор разрешил. Даш, ну пожалуйста! Ты теперь за меня в ответе, ты ж меня приручила, а скажи, какая азалия?

— Азалия сказочная, но если тебя опять будут бить у меня под окном, она тебя уже не спасет, я ее просто не подниму! Ладно, приду через пять минут. Что-нибудь нужно?

— Ничего, только прекрасная рыжая женщина.

И я загадала — если Ромка не скажет Егору, что я вовсе не рыжая, то у нас что-то получится...

Дверь мне открыл Ромка.

— Даш, ты не обиделась?

— Нет, что ты...

— Понимаешь, чтобы спорить с олимпийским чемпионом, нужно иметь стальные нервы.

— При чем тут олимпийский чемпион? — удивилась я.

— Знаешь, какое нужно упрямство, сила воли, напор, чтобы...

— Роман, кончай издеваться, идите сюда! — позвал Егор из кухни. Он стоял у плиты.

— О, какой прогресс! — обрадовалась я.

— Я говорил — приедет мой друг, он поможет! Кстати, если не дай бог что, он гений!

— Ладно тебе, Егор, скоро твои макароны будут? Я с голоду помираю, — сказал Ромка.

— Еще три минуты — и порядок. Накрывай на стол!

— Может, лучше я?

— Нет, ты сегодня почетный гость, спасительница и вообще... Ром, ты знаешь, что Себастьян сам, по собственной инициативе, всякий раз, как видит Дашу, подает ей лапу?

— Я его вполне понимаю, — засмеялся Ромка и вдруг встал передо мной на колени, высунул по собачьи язык, смешно запыхтел и протянул огромную и очень красивую лапу.

— Хороший, хороший пес, — подхватила я и почесала его за ухом, как чесала Себастьяна. И вдруг нас обоих тряхнуло током. Ромка вскочил. А Егор как-то очень пристально на нас посмотрел. Но ничего не сказал. Ромка быстро накрыл на стол, похоже, он неплохо в этой кухне ориентировался. Небось, Егор, уезжая, оставляет ему ключи от своей холостяцкой квартиры, и совершенно понятно, с какой целью. Я успела заметить, что у него на пальце нет обручального кольца. Но, может, просто хирурги не носят колец? Я смотрела на этих двух мужчин, и могу сказать, что рядом с красавцем Егором Ромка выглядел более чем достойно. И даже если бы мне пришлось выбирать, совсем отвлеченно, я бы скорее выбрала Ромку. В нем была какая-то основательность и надежность. Но только если отвлеченно... Я ведь совсем ничего о нем не знаю. Но проскочившая между нами искра дорогого стоила... Хотя... кто знает?

Мы пили итальянское вино, ели потрясающие макароны с новым соусом, болтали, было весело, уютно и время от времени я ловила на себе внимательный и нежный взгляд Ромки. В какой-то момент он вышел, а Егор шепнул мне:

— Даш, наповал! Я его таким никогда не видел! Считай, тебе крупно повезло.

— В чем?

— Ромка — лучший человек, какого я знаю, честно-честно!

Ах, как мне не терпелось поговорить с Зюзюкой!

Наконец, Ромка сказал, что хватит Егору сидеть, пора ложиться. И он ловко составил тарелки в посудомойку.

Я думала — пригласить Романа к себе сейчас или не стоит, хотя мне этого очень хотелось, но, наверное, лучше не спешить. Впрочем, пусть решает сам.

— Даш, скажи, что ты завтра вечером делаешь?

— Пока никаких планов.

— А давай сходим куда-нибудь, посидим, поговорим.

— С удовольствием.

— А то если Егор меня здесь засечет, он не даст нам побыть вдвоем... И вообще...

— А может, сейчас зайдешь? — прошептала я и тут же себя за это выругала.

В его глазах промелькнуло смятение.

— Спасибо, но лучше завтра... Просто я еще не пришел в себя от этой встречи, пусть немного уляжется... вот тут, — он постучал себя по лбу, помедлил и приложил руку к сердцу. — А главное, вот тут. Значит, до завтра?

— Конечно. Знаешь, Ромка, я очень-очень рада, что встретила тебя. Честно-честно, как говорит Егор. В юности эти мешки под глазами тебя портили, а сейчас... Они тебе очень идут...

— Дашка, ты прикалываешься?

— Даже не собираюсь.

— Ну пока... Хорошо, что ты теперь рыжая...

И он вошел в лифт.

А я первым делом посмотрела на часы. Без пяти одиннадцать. До пробуждения Зюзюки еще больше часа. А ведь он не сказал Егору, что я вовсе не рыжая... Неужто у нас что-то будет? Будет, обязательно будет, я и без Зюзюки знаю... Роман с Романом? Но какая азалия! Я такие только в кино видела и в опере «Чио-Чио-сан», на которую меня водила бабушка. Но с азалиями столько возни, они любят холод, их надо обкладывать снегом, и вообще... А если я все-таки уеду в Италию? Придется оставить ключи Егору, пусть ухаживает за этой красотой, я ведь даже не могу отвезти ее на время отъезда кому-то из подруг. Да, жест красивый, но... Один мужик поручил другому купить самую лучшую азалию, тот, другой, даже не подумал, а послушно выполнил поручение... Смешно, ей-богу... Господи, о чем я думаю?

Наконец наступила полночь!

— Зюзюка, привет!

Она молчала.

— Зюзюка, ты меня слышишь?

Молчок.

— Зюзюка, ты обиделась? Прости меня, пожалуйста, это нервы...

— У меня тоже нервы! — проворчала моя старушка.

— О, привет, а я уж испугалась, что ты не станешь со мной разговаривать.

— И не стала бы! Но надо ж тебе, дурище, объяснить. Ты как посмела меня с собой к Его- ру не взять, а?

— Зюзюка, какая ж я идиотка! Прости ме- ня, ради бога, у меня просто крыша съехала...

— Да уж понятно, что крыша... Она у тебя вообще плохо держится, то и дело сносит...

— Признаю, признаю свои ошибки!

— А еще ты подумала, что обойдешься без Зюзюки, сама, мол, все поняла про этого Ро- мана.

— Прости, моя дорогая, любимая Зюзюка, ну пожалуйста, прости!

— Ладно, так и быть, прощаю. Открой-ка зеркальце.

Я послушно открыла пудреницу, ожидая

увидеть там Романа, но увидела маленькую рыжую девочку, лет пяти.

— Зюзюка, что это значит?

— Значит, Зюзюка будет дальше жить! Ты родишь рыжую девочку от этого Романа. И передашь ей меня, когда подрастет, ну и хвала Аннушке!

— Какой Аннушке?

— Которая меня связала. Я же не могу возносить хвалы Создателю, я ж богомерзкая, церковь, таких как я, не признает, потому я только по ночам могу разговаривать, а днем притворяюсь «старой варежкой», как ты изволила выразиться. Ты вот спросила недавно, кто я такая, я подумала-подумала и пришла к выводу, что, скорее всего, я нечисть.

— Слушай, Зюзюка, а как же твои прежние хозяйки, они ж, небось, набожные были?

— Всякие были, а те, что набожные... Так это днем и пока девицы, а уж как во вкус блуда-то войдут... Большинство, доложу я тебе, как с мужиками-то свяжутся, про набожность как-то забывали... И потом, знаешь ли, я заметила, чем больше иная барынька поклонов бьет, молится, тем грешнее она. Многие блуд свой так прикрывали. Это как вон у вас: куда ни глянь, везде попы, вроде божьи люди, а иной раз такое про них услышишь! Или вот политики повадились чуть что в церковь бежать, а на них грехов невподъем! Так что я нечисть! — с гордостью заявила Зюзюка.

— Нечисть ты моя дорогая, значит, Ромка не случайно появился?

— Я уж тебе сказывала, что ты без меня в юности глупостей наделала, вот Ромку-то и упустила! Ох, как я счастлива, что ты девочку родишь, в бабушку твою рыженькая будет. Ты уж ее Любочкой назови, в бабушкину честь, сделай такую милость. Очень я ее любила, а она меня как любила, никогда не ругала, «старой варежкой» не обзывала...

— Зюзюка, а он будет меня любить?

— А он тебя не переставал любить, мне там не все еще ясно с его прошлым, но любовь настоящую я всегда чувствую. Вот сказала ж я тебе, что этот худородный сгинет, ну и сгинул, даже и не позвонил ни разу! Только ты уж завтра на свидание не забудь меня взять...

— Нет, Зюзюка, как я могу забыть, что ты!

— Значит, веришь мне теперь?

Я хотела сказать: «Верю, как Господу Богу», но решила что в разговоре с нечистью вряд ли это будет уместно, и просто ответила:

— Безоговорочно!

...Я легла в постель, но мне не спалось, в голову лезли всякие дурацкие мысли, и я в который уж раз пришла к выводу, что хамский поступок Юрки, любителя Эдгара По, послужил первопричиной всей цепи счастливых случайностей, которая и привела меня к Ромке...

Если бы я не продала квартиру, я не оказалась бы рядом с Егором, не сдружилась бы с ним, а если бы на него не напали хулиганы, я бы не встретилась с Ромкой... Да нет, встретилась бы, конечно, он ведь друг Егора, но, может, еще через год или два... А сейчас я успею родить девочку, рыжую Любочку... И я уснула.

— Влюбилась! — воскликнула Алина, едва я вошла в офис. — Смотрите, девочки, как наша Дарья сияет!

— Ничего подобного! Еще не влюбилась, но, кажется, готова...

— Только не пускай к себе жить! На фиг это нужно? — посоветовала Алина.

— Девочки, об этом пока речи нет! У нас вечером только первое свидание!

— Ты с ним еще не спала? — удивилась Майя.

— Говорю же — вечером первое свидание!

— Ой, а он интересный?

— Мне нравится. Но можете сами посмотреть — он обещал вечером за мной заехать.

— Супер! — воскликнула самая младшая из нас, двадцатипятилетняя Соня.

Обедать мы часто ходим в маленькое кафе «на одно очко», расположенное в соседнем переулке. Во время обеда у меня зазвонил мобильник. Я отчего-то испугалась, а девочки с интересом уставились на меня. Номер высветился незнакомый.

— Алло, я слушаю, говорите!

— Даша? — раздался мужской голос.

— Кто это?

— Даша, это Герман.

Ничего себе, сколько времени прошло! Что ему вдруг понадобилось?

— Герман? Какой Герман?

Я сочла за благо притвориться, что напрочь о нем забыла.

— Даша, помните, я ударил сзади вашу машину и даже был один раз у вас в гостях...

— А, поняла. Здравствуйте, Герман.

— Даша, я, наверное, должен объяснить... Я так пропал... на столько времени...

— Герман, извините, я сейчас на работе.

— О, вы работаете уже, а я как раз хотел предложить вам работу в одной фирме... Я опоздал?

— Да. Но это неважно.

— Даш, я чувствую себя виноватым, я столько наобещал вам и сгинул... Давайте вечером встретимся и поговорим.

— Я вечером занята.

— Я позвоню вам еще.

— Всего хорошего, Герман!

— Ну, Дашка, ты даешь! — покачала головой Соня. — Такой холодный тон... просто убийственный.

— Кто такой Герман? Почему не знаю? — засмеялась Ирина.

— Да так, один... Внимания не заслуживает, хотя как посмотреть... С виду шикарный мужик. Если кто интересуется...

— Я интересуюсь! — заявила Ирина.

— И я, и я! — закричали все остальные.

— Сообщи параметры! — потребовала Майя.

— Точных не знаю, но по моим прикидкам рост метр девяносто, не взвешивала, волосы темные, глаза тоже, хозяин охранного агентства, ездит на джипе «хонда», до отвращения загадочный.

— И ты отказалась от такого? — удивилась Соня.

— А он на что-то годен в койке? — деловито осведомилась Алина.

— Не успела узнать.

— А как с ним связаться?

— Могу дать телефон его фирмы.

— И что, я приду к нему охранника нанимать? — захохотала Алина. — Кстати, девки, нехилая идея, — там мужики наверняка крепкие...

— А, между прочим, я давно хочу сменить нашего Мишу, он мышей не ловит, — задумчиво проговорила Ирина. — Дай-ка мне его координаты, Даша...

— Так нечестно, Ирина Викторовна! — заныла Соня. — Пользуетесь служебным положением!

— Естественно, у меня право первой ночи! Если не подойдет мне, выставим на конкурс!

— Если бы он слышал! — засмеялась я.

— Даш, а твой новый-то на чем ездит?

— На «жигулях», девочки, на «жигулях»!

— Что-то я не понимаю... Ты еще ни с кем из них не спала, а выбор уже сделала? — спросила Алина.

— Ага, сделала! Но это на уровне сердца, а не гениталий...

— Круто! — хлопнула в ладоши Соня.

— На уровне сердца хуже, это всегда боль-
нее, — грустно произнесла Алина. — Лучше,
когда сердце в этом не участвует.

— А разве судьба нас спрашивает?

— Все, девчонки! — жестко заявила Ирина. — Работа ждет, разговоры о любви и мужиках только в нерабочее время.

Мы с Ромкой договорились на семь, в пять я
уже ничего не соображала от волнения, а вдруг
он не позвонит? Вдруг передумал? Нет, Зюзюка же сказала про рыжую Любочку... А кстати,
она в очередной раз ошиблась, моя дорогая нечисть. Худородный-то появился!

Ромка позвонил в половине седьмого.

— Даш, у нас все в силе? Я за тобой заеду?

— Конечно!

— Девки, гляньте, что с Дарьей-то творит-
ся, какое сияние в глазах...

— Даш, он кто?

— Мужик!

— А по профессии?

— Хирург!

— Неперспективно! — хмыкнула Майя.

— А мне сойдет, я олигархов не ищу! Я и сама работаю...

— Он холостой или разведенный? — спросила Соня.

— Верите, но я не знаю, может, и женатый... Все так внезапно произошло...

— У, тогда и волноваться не о чем, скорее всего, он женат. Девчонки, хорошо, Ирина уехала, а то не дала бы вволю поговорить. Даш, ты где его взяла?

Только я открыла рот, как явился клиент, и волнующий разговор прекратился.

Ромка приехал за мной на такси.

— А что с твоей машиной? — спросила я, когда мы уселись на заднее сиденье.

— Ничего, но я обязательно должен выпить.

— Для храбрости? — улыбнулась я.

— Именно.

— Ты меня боишься?

— Как это ни глупо в моем возрасте, да.

— Ну и зря! Ты мне очень нравишься, Ромка.

— Правда? — охрип он.

— Ты не веришь, что я поумнела за эти годы?

— Честно сказать, боюсь поверить.

— А куда мы едем?

— Ужинать, я голодный как собака.

Мы сидели за столиком в небольшом ресторанчике, где в большущем аквариуме плавали золотые рыбки, было тихо и уютно. Ромка сразу же начал расспрашивать меня: как я живу, что делаю в свободное время, с кем дружу, о себе же он практически ничего не рассказывал. У меня даже создалось впечатление, что он словно собирает на меня досье.

— Ром, а анкету тебе не заполнить? — вдруг не выдержала я. — Зачем тебе все эти сведения, ты меня вербовать хочешь?

— Вербовать? А что, пожалуй, да, — улыбнулся он, и эта улыбка прогнала мое раздражение.

— И куда, позволь тебя спросить?

— В жены.

— Что? Я не ослышалась?

— Нет, — очень серьезно ответил он. — Ты не ослышалась.

— Ты делаешь мне предложение?

— Еще нет, но сделаю, будь уверена, вот только задам тебе еще один вопрос.

— Интересно, какой?

— Ты детей любишь?

— У тебя есть дети?

— Есть.

— И много?

— Нет, только одна дочка.

— И сколько ей лет?

— Четыре с половиной. Ее зовут Даша.

— Ромка!

— Даш, ты прости меня, я, наверное, полный идиот, надо было с этого начать. Мне трудно... ты послушай меня, не перебивая.

Я молча кивнула.

— Я женился... Ну так, просто чтобы жениться, жена была красивая, хорошая, но, наверно, нам не надо было жениться, не любили мы друг друга, это ж сразу не поймешь, а когда поняли, Дашка уже на подходе была, а после родов Аля меня возненавидела, так бывает... И через полгода ушла, Дашку забрала, я как раз тогда диссертацию защищал, работу менял, словом, закрутился, как... И вдруг звонит мне бывшая теща в слезах и истерике: Аля взяла Дашеньку и уехала куда-то с хахалем на машине, а у тещи плохие предчувствия... Я пытался ее успокоить, мол, объявится скоро, а она твердит: Аля никогда не выключает мобильный. И тут мне тоже что-то тревожно стало, оказывается, она уже два дня как уехала. Я кинулся к одному бывшему пациенту, он большой чин в милиции, стали искать, к счастью, теща номер машины запомнила...

У меня сжалось сердце, там явно случилось что-то страшное...

— Короче говоря, мы нашли Дашку в сельской больнице, целую и невредимую, а Аля и ее мужик разбились насмерть. Дашку выбросило из машины, она даже ничего не поняла, сидела в мягкой пыли, и так ее обнаружила одна женщина, проезжавшая мимо на велосипеде. Она отвезла Дашку в больницу и сообщила об аварии. Все решили, что погибли оба родителя. В больнице Дашку все опекали: и врачи, и больные, и когда я ее забирал, насовали нам два мешка всякой снеди... Вот так... Теперь Дашка живет с тещей, она очень хороший человек и все говорит: «Женись, Рома, найди добрую женщину, я уж старая, могу не вытянуть Дашку»... Ну вот, теперь ты понимаешь...

— У тебя есть фотографии дочки?

— Есть, конечно есть.

Он полез в карман, вытащил бумажник.

— Вот она, моя красавица.

Я даже не удивилась, когда увидела ту самую девочку, которую мне показала Зюзюка.

— Красивая...

— Знаешь, когда я увидел тебя после стольких лет, и ты стала рыжей, я вдруг подумал: может, это судьба? Посмотри, она ж на тебя похожа.

— Ром, я понимаю тебя, но не хватаешься ли ты за первую попавшуюся возможность?

— Это ты первая попавшаяся? — рассмеялся он.

— Ну, в известном смысле...

— Так ты пойдешь за меня?

— А если твоя дочка или твоя теща, или обе вместе меня не примут?

— Почему не примут?

— Мало ли...

— А ты сама-то хочешь меня с таким довеском?

— Мне довесок очень понравился, о такой дочке только мечтать, а похожа она не на меня, а на детские фотографии моей бабушки.

— Дашка! Я люблю тебя... Ты не думай, пока моя теща в силах, она Дашку насовсем не отдаст... Так что... Вот что мы сделаем. В субботу мы с тобой поедем к Калерии Сергеевне, познакомитесь, и с Дашкой тоже...

— Послушай, Рома, мне очень неловко это говорить, но мы совсем друг друга не знаем, может, нам сперва надо как-то поближе познакомиться, а? А то мало ли...

Он посмотрел на меня очень пристально и сказал:

— Вот прямо сейчас и поедем.

— Куда?

— Знакомиться. Я об этом мечтал с седьмого класса, пора уж...

— К кому поедем?

— К тебе. У меня второй день нет горячей воды.

Знакомство состоялось. Да, права была Зюзюка, я многое упустила в своей жизни!

Он ушел очень рано. А мне некуда было спешить, рабочий день начинается в одиннадцать. Я лежала и думала: неужели пришел конец моей одинокой жизни? А ведь она мне нравилась... Может, лучше оставить все как есть, а Ромка пусть будет любовником... он так меня любит, меня никто никогда так не любил... Наверное, героиня какого-нибудь сентиментального романа или фильма, не раздумывая, бросилась бы удочерять сиротку и подставлять плечо одинокому мужчине... А я еще сомневаюсь, думаю, тревожусь, боюсь расстаться с одиночеством, что-то взвалить на себя. Видно, я какой-то урод, меня все это пугает... А и в самом деле урод, у кого еще есть Зюзюка? Даже не расскажешь никому, не поверят, в дурдом засадят... И вдруг в голову пришла странная мысль: интересно, а Зюзюку устроит чужая девочка? Но «петух давно пропел» и надо ждать полуночи. Ромка сказал, что у него ночное дежурство.

Около десяти мне позвонил Егор.

— Даш, ты уходишь?

— Да, через пятнадцать минут. Тебе что-нибудь нужно?

— Только узнать, когда свадьба?

— Какая свадьба?

— С Романом, ясный перец!

— Да ты что, какая свадьба?

— А Ромка утром забежал меня проведать и сказал, что вы женитесь. Поздравляю. Лучшего человека я не встречал. И Дашка у него прелесть, повезло тебе, рыжая!

Кажется, и вправду повезло!

— Зюзюка, привет!

— Чему радуешься? Поблудила вволюшку? Девочка-то чужая, не годится нам. А свою рожать, я вижу, ты не будешь. Тогда прощай, устроила я твою судьбу и ладно, спи спокойно, дорогая Зюзюка!

— Слушай, но если зеркало показало эту девочку, может, она тебе сгодится?

— Ничего не сгодится! Это чушь, чужая девочка, у меня просто ничего не получится с ней.

— А ты не ошибаешься?

— Зюзюка никогда не ошибается!

— Ну ты скажешь! Еще как ошибается! Мне вчера этот звонил, Герман! А ты говорила сгинул навсегда. Вчера чужую девочку за свою приняла, да и еще ошибки были, я уж и не упомню все...

— А я поняла, почему стала ошибаться! Ты меня не теми нитками заштопала! Сама виновата! А теперь мне помирать... Знаешь что, ты давай, распусти меня!

— Как распустить? — растерялась я.

— Как старую варежку! А пудреницу продай, она тяжелая, золотая, ты за нее много денег выручишь, тебе деньги-то теперь понадобятся, Роман твой не богатый...

— Ничего, мы вдвоем справимся, а распускать тебя я не стану, ишь чего выдумала, это было бы чем-то вроде убийства... Слушай, Зюзюка, я, кажется, придумала...

— Что ты там еще придумала, умная голова?

— А если маленькая Даша будет носить мою фамилию, Милорадова, тогда как?

— Не знаю, открой зеркальце!

В зеркале я увидела школьный класс, старую училку, которая держит в руках тетрадку с надписью: Дарья Милорадова!

— Да! Да! Так можно! — завопила Зюзюка. — Спасибо, спасибо тебе, Дашутка моя любимая, ты второй раз меня спасаешь, и кто знает, может, я проживу еще долго-долго...

— Зюзюка, это все прекрасно, но как я его уговорю? Это же все-таки дико! Я ж не могу ему о тебе рассказать, правда?

— Да ладно, ты сумеешь, ты из него веревки вить сможешь, ты уж извини, но я же ночью тут, в спальне была... Он теперь для тебя все сделает, да и девочке скажут, что ты ее мама, а она поверит... В нынешние времена Милорадовой быть почетнее, чем какой-то Лосевой. Давай, давай, действуй, ты теперь все сможешь, рыжая бестия!

— Но я ж на самом деле не рыжая.

— Это всего лишь ошибка природы!

Екатерина Николаевна Вильмонт

ФИГ С НИМ, С МАВРОМ!

ПОВЕСТИ

Ответственный редактор *И. Н. Архарова*
Технический редактор *И. С. Круглова*
Корректор *И. Н. Мокина*
Компьютерная верстка *А. Л. Павловой*

ООО «Издательство АСТ»
170002, Россия, г. Тверь, пр-т Чайковского, 27/32

ООО «Издательство Астрель»
129085, Москва, пр-д Ольминского, д.3а

Вся информация о книгах и авторах «Издательской группы АСТ»
на сайте: www.ast.ru
E-mail: astpub@aha.ru

Издано при участии ООО «Харвест».
Лицензия № 02330/0056935 от 30.04.04.
Республика Беларусь, 220013, Минск, ул. Кульман,
д. 1, корп. 3, эт. 4, к. 42.

Открытое акционерное общество
«Полиграфкомбинат им. Я. Коласа».
Республика Беларусь, 220600, Минск, ул. Красная, 23.

По вопросам оптовой покупки книг Издательской группы «АСТ»
обращаться по адресу:
г. Москва, Звездный бульвар, 21 (7 этаж)
Тел. 615-01-01, 232-17-16

Заказ книг по почте: 123032, Москва, а/я 71, «Книга-почтой», или на сайте:
www.shop.avanta.ru

ЕКАТЕРИНА ВИЛЬМОНТ
«БЫЛОЕ и ДУРЫ»

«Сейчас я пишу о любви, а когда-то переводила с немецкого. И когда готовилась эта книга, я сначала глубоко задумалась, а потом решила — назову-ка я ее «Былое и дуры».

Тут и почтительная дань мировой классике, и четкое определение содержания. «Былое» — это мои переводы, а «дуры» — мои героини. Ведь каждая женщина, как бы умна и образована они ни была, влюбляясь, теряет голову — попросту дуреет, а я ведь пишу о любви».

Екатерина Вильмонт

«Русский романс» — замечательная серия любовных романов, написанных отечественными авторами — как мастерами жанра, так и талантливыми молодыми писательницами. Книги этой серии, увлекательные и романтические, ни в чем не уступают американским и европейским аналогам, а в чем-то и превосходят их, хотя бы потому, что судьбы, мечты и желания героинь «Русского романса» близки и понятны каждой нашей читательнице!